高速戦艦「赤城」6

「赤城」永遠

横山信義
Nobuyoshi Yokoyama

C★NOVELS

扉　画　佐藤道明
地図・図版　安達裕章
編集協力　らいとすたっふ

目次

第一章　サイパンの襲撃者　9
第二章　「連合艦隊ハ健在ナリ」　53
第三章　死闘トラック沖　75
第四章　砲声消ゆるとき　125
第五章　山本五十六の放送　191
終章　207
あとがき　215

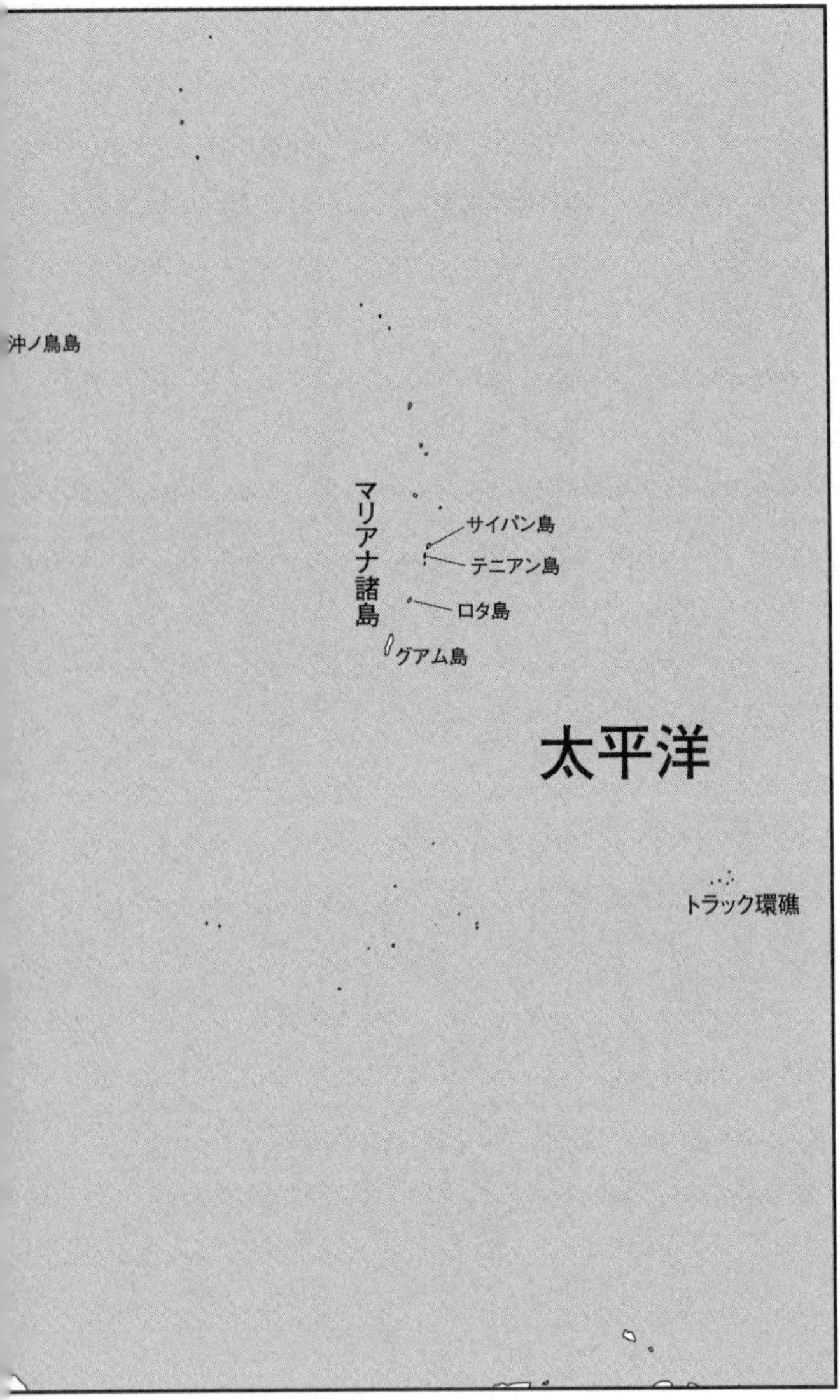

沖ノ鳥島
マリアナ諸島
サイパン島
テニアン島
ロタ島
グアム島
太平洋
トラック環礁

内南洋要域図

沖縄
台北
石垣島
宮古島
新竹
西表島
台湾
台南
高雄
南シナ海
サンティアゴ島
リンガエン湾
ルソン島
マニラ
フィリピン
バターン半島
コレヒドール島
ミンドロ島
サマール島
タクロバン
パラワン島
パナイ島
レイテ島
ネグロス島
パラオ諸島
バベルダオブ島
コロール
ペリリュー島
ミンダナオ島
モロ湾
ダバオ
ボルネオ島
セレベス海
モロタイ島
セレベス島
ハルマヘラ島

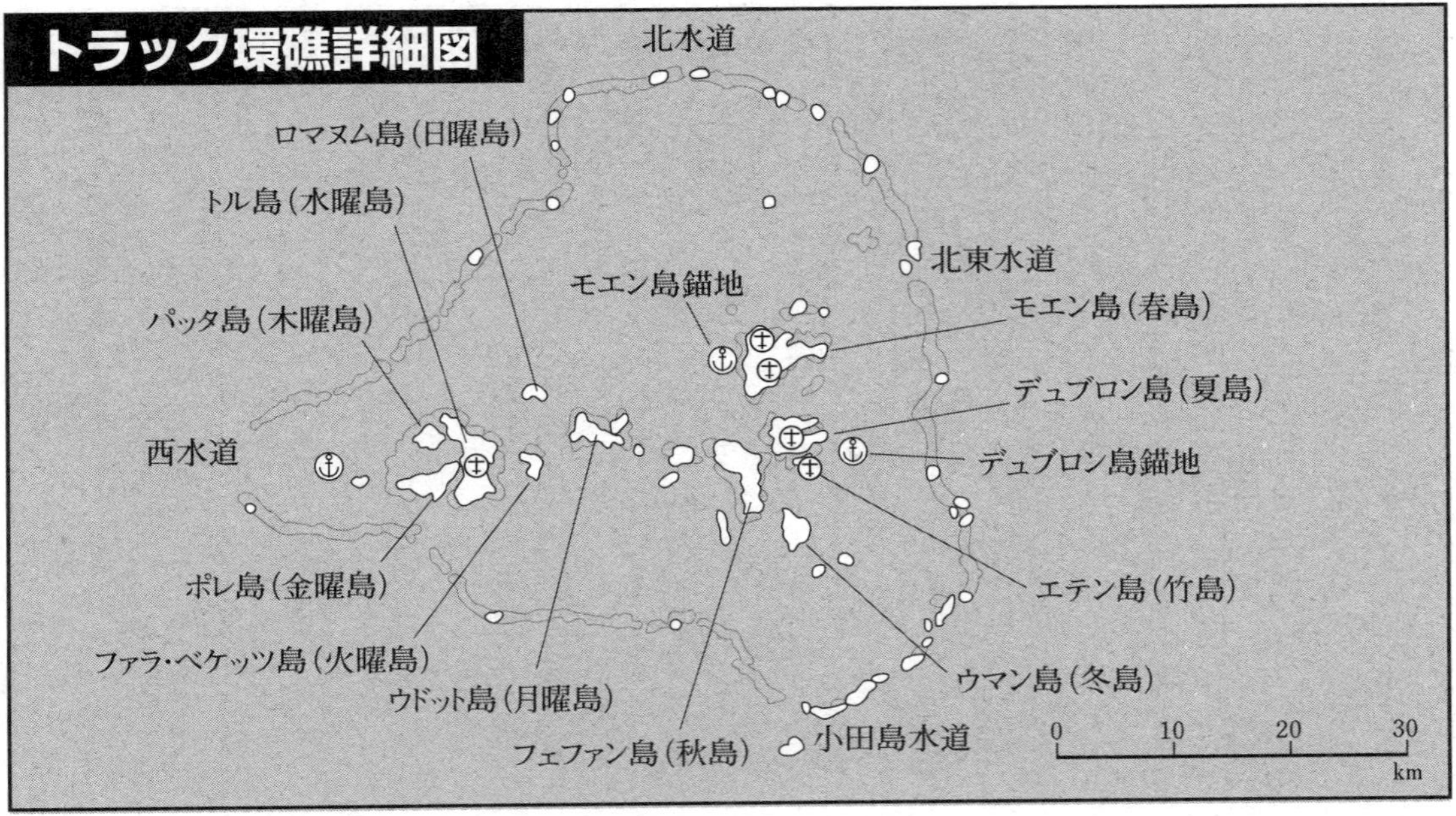
トラック環礁詳細図
北水道
ロマヌム島（日曜島）
トル島（水曜島）
北東水道
モエン島錨地
モエン島（春島）
パッタ島（木曜島）
デュブロン島（夏島）
西水道
デュブロン島錨地
ポレ島（金曜島）
エテン島（竹島）
ファラ・ベケッツ島（火曜島）
ウマン島（冬島）
ウドット島（月曜島）
小田島水道
フェファン島（秋島）
0
10
20
30
km

高速戦艦「赤城」6

「赤城」永遠

第一章　サイパンの襲撃者

1

母艦から目的地の上空まで、若干《じゃっかん》の時間を要した。

攻撃隊は、合衆国海軍の主力艦上戦闘機グラマンＦ４Ｆ〝ワイルドキャット〟八〇機と、同じグラマン社が開発した新鋭艦上戦闘機Ｆ６Ｆ〝ヘルキャット〟だ。

Ｆ６ＦとＦ４Ｆの巡航速度には、さほど大きな差はないが、Ｆ４Ｆは主翼の下に二〇〇ポンド爆弾二発を提《さ》げているため、速力が低下している。

このため、Ｆ６ＦもＦ４Ｆに速度を合わせていた。

「『オーク1』より全機へ。左一〇度、サイパンとテニアン」

「イントレピッド」VF11戦闘機隊隊長ロバート・アダムス中佐の声が、レシーバーに響いた。

「エセックス」VF10戦闘機隊隊長ヘンリー・ミラン少佐は、右後方に見える太陽に注意を払った。

警戒しなければならないのは、陽光《ようこう》を背にしての奇襲だ。

巡航速度よりも低速で飛んでいるところに不意《ふい》打ちを受ければ、新鋭機といえども、あっさり墜《お》とされる。

今回の作戦は、クェゼリンを攻撃した日本艦隊を叩くだけではない。新鋭機Ｆ６Ｆの実戦テストも兼《か》ねている。貴重な新鋭機を無為《むい》に失うなど、許されることではない。

距離が詰まるにつれ、二つの島が拡大する。北側に位置する島がサイパン島だ。

その南東岸にあるラウラウ湾に、日本艦隊がいるはずだった。

「『オーク1』より全機へ。目標視認《ターゲット・インサイト》」

再び、アダムスの声が響いた。

サラダボウルのような形状の湾内に、一群の艦船が見える。

ほとんどは、湾口《わんこう》付近にいるようだ。湾外への脱出を図《はか》っているらしい。

「『オーク1』より『オーク』『パイン』。『オーク』目標一、二番艦《ナンバー・ワン、ツー》。『パイン』目標三、四番艦《ナンバー・スリー、フォー》。今より攻撃する」

「『パイン1』、了解！」

アダムスの命令に、「バンカー・ヒル」戦闘機隊《VF12》隊長ジョセフ・ウッドワース少佐が返答し、F4Fが高度を下げ始める。

F4Fの役割は、二〇〇ポンド爆弾による敵空母への攻撃だ。日本艦隊の正規空母四隻に、F4F二〇機ずつを割り当てる。

二〇〇ポンド爆弾は、ダグラスSBD〝ドーントレス〟が搭載する一〇〇〇ポンド爆弾に比べて威力が小さいが、飛行甲板に破孔を穿《うが》ち、発着艦不能に陥《おとしい》れることはできる。

クェゼリンの飛行場を使用不能にし、数万の将兵を殺傷した敵機動部隊への報復としては物足《ものた》りないが、敵空母四隻を戦列外に去らせるだけでも、戦術的な意義は大きい。

「前上方、敵機《ボギー》！」

不意に、部下の叫《さけ》び声がレシーバーに響いた。

ミランは、咄嗟《とっさ》に顔を上げた。

多数の機影が前上方から、VF10目がけて降下して来る様《さま》が見えた。

「『セコイア』、かかれ！」

叩き付けるように叫ぶや、ミランは操縦桿《そうじゅうかん》を手前に引き、エンジン・スロットルをフルに開いた。

F4Fに比べ、二トン以上も重くなった機体だが、エンジン出力も一二〇〇馬力から二〇〇〇馬力にパワーアップされている。空冷複列星型一四気筒エンジンは、力強い爆音を上げ、F6Fの機体を高みに引っ張り上げてゆく。

「出て来やがったか、零戦《ジーク》！」

ミランは敵愾心《てきがいしん》を込めて、敵機にその言葉を投げつけた。

合衆国の戦闘機乗りにとり、仇敵《きゅうてき》とも呼ぶべき機体だが、F6Fなら負けない。格闘性能では一歩譲《ゆず》るものの、他の性能ではジークを上回る機体だ。

今までの借りを、まとめて叩き返してやる。

敵の機影が、みるみる膨《ふく》れ上がる。機首は、鏃《やじり》のように尖《とが》っている。

「二式艦偵《ジュディ》……？」

「ジークじゃない！」

ミランの呟《つぶや》きに、誰かの叫び声が重なった。

敵機の機首に発射炎がほとばしり、太い曳痕《えいこん》が向かって来た。ジークのものと同じ、二〇ミリ弾のようだ。

敵弾がコクピットをかすめ、後方に通過する。

ミランも一二・七ミリ弾を放つが、敵機を捉《とら》えることなく、大気だけを貫く。

F6Fと敵機が、猛速ですれ違う。

ジークでも、ジュディでもない。機首が尖っているところから、液冷エンジンの装備機であろうと推測するだけだ。

敵の後続機が襲って来る。正面上方から、太い火《か》箭《せん》を撃ち込んで来る。

コクピットの脇を真っ赤な曳痕が通過し、風防ガラスが不気味な音を立てて振動する。

ミランも射弾を放つが、一二・七ミリ弾が敵機を捉えることはない。相対速度が大き過ぎるためだろう、互いに機銃弾をばら撒《ま》くだけだ。

「『セコイア3、4』被弾！」

「くそったれ！」

飛び込んだ報告に、ミランは罵声《ばせい》を放った。

ジークを圧倒し、F6Fの能力を実証するはずが、全くの見込み違いだ。

未知の新型機に、F6Fが二機も墜とされている。

「『セコイア2』続け！」

二番機を務めるジェームズ・ベーカー大尉に命じ、ミランは左の水平旋回をかけた。

VF10の編隊は、大きくかき乱されている。

旋回格闘戦に入る機体はない。日本軍の新鋭機は、一撃離脱に徹《てっ》しているようだ。

敵機が次々に反転し、VF10に機首を向ける。

「『セコイア1』より各隊。二機以上で戦え！」

ミランは、麾下《きか》全機に早口で指示を送った。

F4Fに搭乗していたとき、

「ジークとは、単機での戦闘は避けよ。二機以上で連携を取りながら戦え」

と、空母の艦長や飛行長から、繰り返し命じられている。

この新型機とも、その原則に従って戦うべきだ。

VF10が小隊毎《ごと》に分かれ、敵機に立ち向かう。

敵機も四機、あるいは二機一組で、F6Fに向かって来る。

（陸軍機だな）

ミランは、そう直感した。

日本海軍の戦闘機隊は、一個小隊を三機で編成しているが、日本陸軍は二機を最小単位としている。

敵の新型機が四機、あるいは二機一組で行動している以上、陸軍機とみて間違いない。

グアム島の陥落《かんらく》後、マリアナ諸島の上空や周辺海域で、日本陸軍の戦闘機や軽爆撃機の姿が確認されたとの情報もある。

合衆国が、陸軍機であるボーイングB17〝フライング・フォートレス〟やロッキードP38〝ライトニング〟を投入しているのと同じように、日本もまた、陸軍機をマリアナ諸島に派遣したのだ。

敵の新型機が二機、ミランの小隊に向かって来る。

二対二の対決だ。

猟犬《りょうけん》の鼻面《はなづら》のように尖った機首や角形に成形された主翼が、目の前に迫る。

「くたばれ！」

一声《ひとこえ》叫ぶや、ミランは機銃の発射ボタンを押した。

両翼に発射炎が閃《ひらめ》き、おびただしい曳痕がほとばしった。

六丁の機銃から放たれる一二・七ミリ弾は、古代の剣闘士が使っていた投網《とあみ》のようだ。無数の銃弾で網をかけ、敵機を搦《から》め捕る。

敵機はいち早く右に横転して垂直降下に転じ、ミラン機の射弾に空を切らせた。

素早さでは、ジークに劣《おと》らない機体だ。横転から降下に移る際の素早さは燕《スワロー》を思わせる。

『セコイア1』、後方に敵機！」

「ウィーブ！」

ベーカーの叫び声が届くなり、ミランは指示を下した。

二機が機《はた》を織《お》るように、ジグザグ状に飛び、敵を誘い込む戦法だ。

一機が背後を取られても、もう一機が横合いや後方から射弾を浴びせ、撃墜する。ミランとベーカーのコンビは、F4Fに乗っていたとき、この戦術で四機のジークを墜としている。

ミランは操縦桿を右に、あるいは左にと倒し、水平旋回を繰り返す。

バックミラーには、食らいついて来る敵の新型機が映《うつ》っている。

旋回性能はジークほどではないものの、速度性能では勝《まさ》るようだ。ミラン機との距離を詰めて来る。

「まだか、ベーカー。まだか⁉」

ミランはベーカーに呼びかけた。

ウィーブ戦法が機能していない。このままでは、敵の新型機に墜とされる。

何かが壊れるような音と苦悶《くもん》の声が、レシーバーに入った。

「ベーカー！」

ミランの呼びかけに応《こた》える声はない。

ベーカー機は、敵の新型機に墜とされたのだ。

敵機をウィーブ戦法に引き込むつもりが、逆に引き込まれていたのかもしれない。

ミランは歯嚙《はが》みをしつつ、操縦桿を左に倒した。

F6Fは、左の翼端を下にして垂直降下に入った。

旋回格闘戦で敵機に追い詰められたときに有効な手だ。ミランは過去の戦いで、何度かこの戦法を用

アメリカ海軍 F6F-3 ヘルキャット

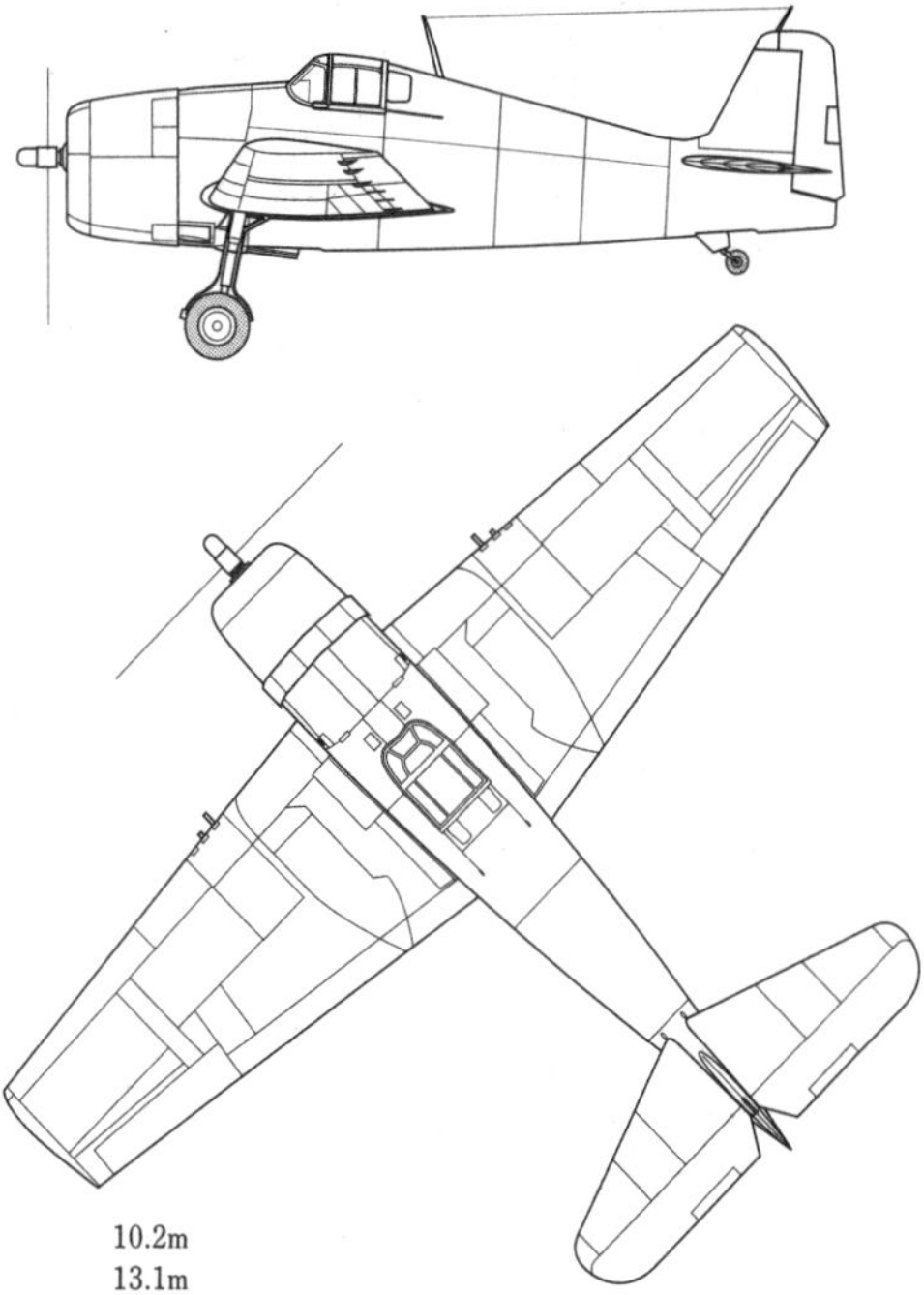

全長	10.2m
翼幅	13.1m
全備重量	5,704kg
発動機	P&W R-2800-10W 2,000馬力
最大速度	599km/時
兵装	12.7mm機銃×6丁(翼内)
乗員数	1名

米海軍の最新鋭艦上戦闘機。同時期に試作されたヴォート社のF4Uに飛行性能では一歩譲るものの、F4Fの流れを汲む堅実な設計が評価され、制式採用が決まった。F4Fの長所である堅牢さや生産性を重視した設計はそのまま踏襲しつつ、実戦での運用で得られた問題点を解消することで、より実用性の高い戦闘機に仕上がっている。ことにエンジンの出力向上で得られた余裕を防弾装備に回すことで、搭乗員の生存率を高めたことは、開戦劈頭、多数の空母を搭乗員もろとも喪失し、いまだ戦力回復途中にある米海軍航空隊に喜ばれている。日本海軍の主力戦闘機「零戦」にも充分対抗できると期待されている。

い、ジークを振り切ったことがある。

Ｆ６Ｆの機体が、サイパン南東沖の海面を指して降下する。急降下速度は、Ｆ４Ｆのそれより大きい。海面が、急速に近づいて来る。

「ついて来られるか、ジャップ！」

後方の敵機に呼びかけたとき、それに応えるかのように、ミラン機のコクピット脇を火箭がかすめた。

バックミラーに、敵の新型機が映っている。ミラン機との距離を、じりじりと詰めて来る。

「馬鹿《ばか》な……！」

ミランは、現在の状況が信じられなかった。

Ｆ６Ｆは、対日戦の切り札とも呼ぶべき機体だ。二〇〇〇馬力エンジンの圧倒的なパワーと甲冑《かっちゅう》騎士にも喩《たと》えられる分厚い防弾装甲、一二・七ミリ機銃六丁の火力でジークを圧倒し、制空権を摑《つか》み取るはずだったのだ。

その新鋭機が、敵機に翻弄《ほんろう》されている。

ＶＦ10指揮官の自分が、直率《じきそつ》する小隊の僚機《りょうき》を全て失い、追い詰められている。

「ならば！」

ミランは、操縦桿を目一杯《めいっぱい》手前に引いた。

下向きに強烈な遠心力がかかり、束《つか》の間《ま》、体重が数倍に増えたような気がした。

急降下をかけていたＦ６Ｆが、一転して上昇に転じる。

Ｆ６Ｆはエンジン出力に余裕があるため、垂直面での格闘戦を得意としている。宙返《ちゅうがえ》りでの勝負なら、こちらに分《ぶ》があるはずだ。

Ｆ６Ｆが宙返りの頂点に達し、再び降下する。

首をねじ曲げ、頭上を見ると、食い下がって来る敵機が見える。

機体形状はイギリスのホーカー・ハリケーンに似ているが、速度性能、運動性能共にハリケーンを上回るようだ。

日本がイギリスから入手したハリケーンを参考にして、独自開発した機体かもしれない。

ミラン機は、二度目の宙返りに入る。

二〇〇〇馬力の出力を持つエンジンが、機体を高みに引っ張り上げ、空中に円を描《えが》いてゆく。

ミラン機が宙返りの頂点に達したとき、真下から噴き延びる火箭が目に入った。

(当たる!)

背筋《せすじ》に冷たいものを感じたとき、敵弾は右の翼端付近をかすめ、虚空《こくう》へと消えた。

敵機は、なおも追って来る。

宙返りによって敵機の背後を取るつもりだったが、距離はなかなか縮まらない。

ミランが三度目の宙返りに入ろうとしたとき、敵機が横転する様子がバックミラーに映った。

垂直面の格闘戦では勝てぬと見て、離脱したのかもしれない。

空中戦の戦場が、視界に入って来た。

F6Fと敵の新鋭機が混淆《こんこう》し、赤や青の火箭が縦横《じゅうおう》に飛び交っている。

F6Fも、敵機も、動きは直線的だ。

猛速で突っ込んでは、目標に一連射を浴びせる。

射弾を放った後は、まっすぐに飛び抜けるか急降下に転じ、一旦《いったん》その場から離脱する。

騎士同士の槍試合《トーナメント》を、同時に数十箇所で行っているかのようだ。

時折《ときおり》、被弾した機体が火を噴く。

速力が衰《おとろ》えたF6Fに、敵戦闘機が後方から一連射を浴びせて止《とど》めを刺す。

F6Fに容赦《ようしゃ》のない一撃を見舞《みま》った敵機にも、新たなF6Fが前上方から突進し、両翼から無数の一二・七ミリ弾を叩き付ける。

銃弾の投網は、エンジン・カウリングを撃ち抜き、主翼に破孔を穿ち、補助翼を吹き飛ばす。

一瞬で、金属製の襤褸《ぼろ》と変わった日本機は、サイパン沖の海面目がけ、真《ま》っ逆《さか》さまに落下してゆく。

どちらが優勢なのかは判然としない。

機数はVF10の方が多いようだが、敵の新鋭機は敏速に飛び回り、数に勝るF6Fと互角《ごかく》に渡り合っているようだった。

「F4Fはどうなった?」

肝心《かんじん》なことを思い出し、ミランはラウラウ湾に視線を向けた。

湾口付近に立ち上る煙が、視界に入って来た。

2

サイパンから出撃した陸軍戦闘機隊と、米軍機との空中戦は、第四艦隊の各艦からも遠望《えんぼう》されたが、司令部や各艦の乗員は、それどころではなかった。

約八〇機と見積《みつ》もられる敵機が、上空から迫りつつあるのだ。

七月一六日にクェゼリン攻撃を成功させた後、第四艦隊は北に迂回《うかい》しつつサイパン島を目指し、二〇日未明にラウラウ湾に入港した。

同艦隊は入港後、直《ただ》ちに燃料、弾薬の補給作業を開始したが、そのさなかに索敵機より、

「敵艦上機、大挙《たいきょ》『サイパン』ニ向カヒツツアリ」

との緊急信が入ったのだ。

「補給作業、一時中止。全艦、湾外に避退《ひたい》せよ!」

司令長官角田覚治《かくたかくじ》中将は、即座に下令《かれい》した。

ラウラウ湾の中では艦の動きが制約され、被弾確率が上がる。

行動の自由が利《き》く外洋に出た方が、敵弾を回避できる可能性が高いとの判断だ。

旗艦《きかん》「翔鶴《しょうかく》」を始めとする空母六隻、軽巡三隻、駆逐艦《くちくかん》一〇隻は、周囲の海面を激しく泡立《あわだ》たせながら湾外への脱出を開始した。

四艦隊は空襲を予期《よき》しておらず、空母の飛行甲板に直衛戦闘機隊の姿はない。

サイパン、テニアンに展開する第二二、二三航空戦隊隷下《れいか》の戦闘機隊と、サイパン島に配備された陸軍第五飛行師団隷下の飛行第五〇戦隊が迎撃に上がっているが、全機を阻止《そし》し切れるとの保証はない。

味方の戦闘機隊が防ぎ切れなかった敵機は、対空砲火と回避運動によって防ぐ以外にない。

「通信より艦橋《かんきょう》。戦闘機隊指揮官より報告。『敵機ハ艦戦ノミ』」

「艦戦だけだと⁉　確かか？」

通信参謀井村高雄《いむらたかお》少佐の報告を受け、首席参謀増《ます》田正吾《だしょうご》中佐が聞き返した。

空母を攻撃するのであれば、戦爆連合を繰り出すのが定石《じょうせき》だ。敵の指揮官は何を考えているのか、と言いたげだ。

「F4Fは小型爆弾二発を搭載できます。空母の甲板を破壊し、発着艦不能に陥れるつもりかもしれません」

航空甲参謀入佐俊家《いりさとしいえ》中佐の推測を聞き、角田は唸《うな》り声を発した。

「その手で来たか」

米艦隊の指揮官は、空母の撃沈ではなく、戦闘不能に追い込むことを狙っているのだ。

「全艦に打電せよ。『敵戦闘機ハ爆装ナリ。厳重注意』！」

角田は、井村通信参謀に命じた。

第四艦隊の前方上空では、空中戦が始まっている。
二二、二三航戦の零戦が、F4Fの前上方から挑《いど》みかかったのだ。
「敵一機撃墜！　また二機撃墜！」

旗艦「翔鶴」の見張員《みはりいん》が、歓声混じりの報告を上げた。

零戦はF4Fの前上方から突っ込んでは一連射を浴びせ、後ろ上方へと抜ける。

あるいは横合いから仕掛け、コクピットや主翼の付け根に一連射を叩き込む。

F4Fも零戦に射弾を放つが、一二・七ミリ弾の火箭は空を切る。

機体を振ってかわそうとするF4Fもあるが、零戦は逃がさない。

両翼から放つ二〇ミリ弾は、主翼を叩き折り、エンジン・カウリングを引き裂き、コクピットを直撃して搭乗員を射殺する。

F4Fの後方から喰らいつく零戦もある。

常《つね》であれば、F4Fも水平旋回をかけて零戦と格闘戦に入るか、急降下に転じての離脱を図るところだが、この日のF4Fは動きが鈍《にぶ》い。

零戦をかわそうとしても、容易に距離を詰められ、背後から二〇ミリ弾の火箭を撃ち込まれる。

主翼を叩き折られたF4Fは回転しながら墜落し、胴体を引き裂かれたF4Fはよろめきながら高度を落とす。

角田が空母部隊の指揮を執《と》るようになってから一年以上が経《た》つが、戦闘機同士の空中戦が、これほど一方的に推移するのは初めてだ。

零戦はこれほど強かったのか。あるいは、F4Fが弱いのか。

「F4Fは爆弾を搭載し、動きが鈍っています。空戦性能で零戦に劣る機体が爆弾を搭載したのでは、零戦に勝てる道理《どうり》がありません」

「戦闘機を爆撃機に仕立《した》てた米軍の失敗ということか」

参謀長岡田次作《おかだじさく》少将の発言に、角田は頷《うなず》いた。

これなら、零戦だけで全機を阻止できるのでは、と期待したが——。

「敵約一〇機、本艦の左二〇度、高度三〇《サンマル》（三〇〇〇メートル）！」

「『紅鶴《こうかく》』に急降下！」

見張員の報告が、続けて飛び込んだ。

「取舵《とりかじ》一杯」

「とぉーりかぁーじ、いっぱぁーい！」

「翔鶴」艦長岡田為次《おかだためつぐ》大佐が大音声《だいおんじょう》で下令し、航海長中村次郎《なかむらじろう》中佐が操舵室に命じた。

「翔鶴」は、すぐには回頭を始めない。

全長二五八メートル、水線幅二六メートル、基準排水量二万五六七五トンの大型艦だ。舵《かじ》が利き始めるまでには、相応《そうおう》の時間がかかる。

左舷《さげん》側の一二・七センチ高角砲が砲撃を開始した。八門の砲口に、四秒から五秒置きに発射炎が閃き、砲声が海面に谺《こだま》する。

戦艦の主砲に比べれば遥《はる》かに小さいが、八門がまとまって撃つときの砲声と反動は、決して小さなものではない。下腹《したはら》にこたえるような衝撃が、飛行甲板を通して伝わって来る。

「敵一機撃墜！」

見張員が報告するが、残る敵機は針路を変えることなく突っ込んで来る。

高角砲の砲声に機銃の連射音が加わり、真っ赤な火箭が左舷上空に突き上がり始めた。

二五ミリ三連装機銃の対空射撃だ。竣工《しゅんこう》時には片舷六基を装備していたが、昨年のグアム攻略作戦終了後に増備され、片舷一〇基に増強されている。

それらが銃身に目一杯仰角《ぎょうかく》をかけ、逆落《さかお》としに突っ込んで来るＦ４Ｆに猛射を浴びせている。

Ｆ４Ｆ二機が、続けざまに火を噴いた。

一機はコクピットを直撃されたのか、大きくふらつき、火も煙も噴き出すことなく、海面に落下した。もう一機は煙を引きずりながらも、翼下の爆弾を投げ捨て、機首を引き起こして離脱にかかった。

残る七機が、なおも突っ込んで来る。

戦闘機乗りには命知らずの猛者《もさ》が多いが、米軍も同様のようだ。その勇猛さは、爆撃任務でも発揮されている。

「敵高度一〇《ヒトマル》（一〇〇〇メートル）！」

「敵一番機投弾！　続いて二番機投弾！」

二つの報告が連続して飛び込んだとき、「翔鶴」の艦首が大きく左に振られた。

一旦回頭が始まれば、以後の動きは速い。帝国海軍では、加賀《かが》型に次ぐ大きさを持つ空母が、海面を弧状《こじょう》に切り裂きながら、左へ左へと回ってゆく。

最初の敵弾が落下した。

「翔鶴」の右舷付近二箇所で爆発が起こり、大量の飛沫《しぶき》が飛び散った。

続いて二番機の爆弾二発が、右舷中央付近の海面に落下する。爆弾が小さいためだろう、噴き上がる飛沫は飛行甲板に隠れて見えない。

三番機の爆弾も、右舷側海面に落下する。最初に落下した四発よりも、弾着位置が遠い。

四番機、五番機、六番機と、敵弾の落下が続く。

敵弾は全て、「翔鶴」の右舷側海面に落下する。

艦が爆弾から逃げているというより、弾着位置を見切り、すれすれのところでかわしているようだ。

最後の二発が、大気を割《さ》いて落下して来た。

かわし切れる――角田がそう思った直後、艦橋の前方に閃光が走り、衝撃が伝わった。

「喰らったか……！」

角田は呻《うめ》き声を漏《も》らした。

全てを回避できると考えたのは甘かったようだ。

「砲術より艦長。四番高角砲被弾！」

「艦長より副長。飛行甲板の状況確認！」

砲術長佐藤《さとう》順平《じゅんぺい》少佐が報告を上げ、岡田艦長が副長寺崎《てらさき》隆治《りゅうじ》中佐に命じた。

岡田は、飛び散った弾片で飛行甲板が傷ついている可能性を懸念《けねん》したのだ。

「他の空母はどうだ？　『瑞鶴《ずいかく》』は？　『紅鶴』は？　『雄鶴《ゆうかく》』は？」

角田は、指揮下にある正規空母の名を口にした。

爆装のＦ４Ｆが、空母を狙って来たであろうことは分かっている。旗艦以上に、他の空母のことが気がかりだ。

「敵機、離脱します」

被害状況報告よりも先に、艦橋見張員の報告が上げられた。

角田は、双眼鏡《そうがんきょう》を空に向けた。

Ｆ４Ｆが引き上げつつある。全機が投弾を終えたようだ。

零戦の中にはＦ４Ｆに追いすがる機体もあるが、数は多くない。深追《ふかお》いをせぬよう、命じられているのかもしれない。

各艦の状況は、ほどなく判明した。

「副長より艦長。飛行甲板に被害なし。発着艦に支障なし」

「『瑞鶴』より受信。『我、損害ナシ』」

「『雄鶴』より受信。『我、被弾一。損害軽微。発着艦ニ支障ナシ』」

「『紅鶴』より受信。『我、被弾三。後甲板損傷。発艦ハ可能ナレド着艦不能。六航戦司令部ハ健在ナリ』」

寺崎副長と井村通信参謀が報告を上げた。

「六航戦司令部は無事だったか」

角田は、大きく息をついた。

「紅鶴」は、第六航空戦隊司令官山口多聞《やまぐちたもん》中将の旗艦だ。「被弾三」の報告を受けたとき、真っ先に心配したのが、山口の安否だった。

山口以下の司令部に被害はないと分かり、角田は心から安堵《あんど》していた。

「『紅鶴』の被害が意外に大きいですな」

岡田参謀長が顔をしかめた。

爆撃には素人《しろうと》のはずの戦闘機乗りに、三発もの爆弾を命中させられたことが不満なようだ。

「発艦できれば充分だ。帰還時は、他の母艦に収容すればよい」

角田は言い切った。

爆装の戦闘機八〇機の攻撃を受けたにも関わらず、空母三隻の小破で済んだのだ。

「紅鶴」にしても、艦上機の収容は不可能になったが、発艦は可能と伝えている。

敵機動部隊への反撃は充分可能だ、と角田は考えていた。

「味方戦闘機、帰還します」

見張員の報告に、爆音が重なった。

「翔鶴」の飛行甲板や機銃座から、歓声が上がった。

乗員が上空に向け、手を振っている。

その頭上を、零戦の編隊が通過しつつある。

この直前、爆装のＦ４Ｆを次々と撃墜し、第四艦隊を守ってくれた部隊だ。

　彼らの奮闘がなければ、五、六航戦の正規空母四隻は飛行甲板を徹底破壊されていたかもしれない。

　零戦が通過した後、「栄《さかえ》」二一型のそれとは異なる爆音が、沖合から接近して来た。

「飛燕《ひえん》も帰還したようですな」

　岡田参謀長が、サイパンに配備されてから間もない陸軍の新鋭戦闘機の名を口にした。

　陸軍の飛行機乗りは目印のない海上での飛行を苦《にが》手《て》としているが、基地の防空戦闘や近海での対潜哨戒《しょうかい》は可能との申し出が陸軍からあったため、昨年末よりマリアナ諸島に第五飛行師団が配備されている。

　たった今、四艦隊の頭上を通過したのは、飛行第五〇戦隊に所属する三式戦闘機「飛燕」だ。

　二式艦上偵察機と同じく、英国のロールスロイス・マーリンを国産化した液冷エンジンを搭載しているが、出力は一五八〇馬力と、二式艦偵の愛知《あいち》「熱田《あつた》」二一型より大きい。

　最大時速は六二〇キロと、零戦三二型より七〇キロ以上優速だ。

　兵装は、機首に二〇ミリ機関砲二門、主翼に一二・七ミリ機関砲二門（陸軍では、口径一二・七ミリ以上の機銃は、機関砲と呼称する）を装備しており、火力も大きい。

　同機は航続距離が短いため、特設空母の「雲鷹《うんよう》」「沖鷹《ちゅうよう》」が輸送の任に当たり、四八機をサイパン、テニアンに運び込んだ。

　その飛燕が、米軍の艦戦を相手に互角以上の戦いを繰り広げ、四艦隊を守ったのだ。

　空中戦が終息《しゅうそく》してから一時間後、電測室から報告が上げられた。

「対空用電探、感五！　方位二五〇度、三浬《カイリ》」

「長官、味方機です。基地航空隊の反撃です！」

　岡田参謀長の声に、数十機の爆音が重なった。

　期《き》せずして、四艦隊各艦の艦上に歓声が上がった。

日本陸軍 三式戦闘機「飛燕」一二型

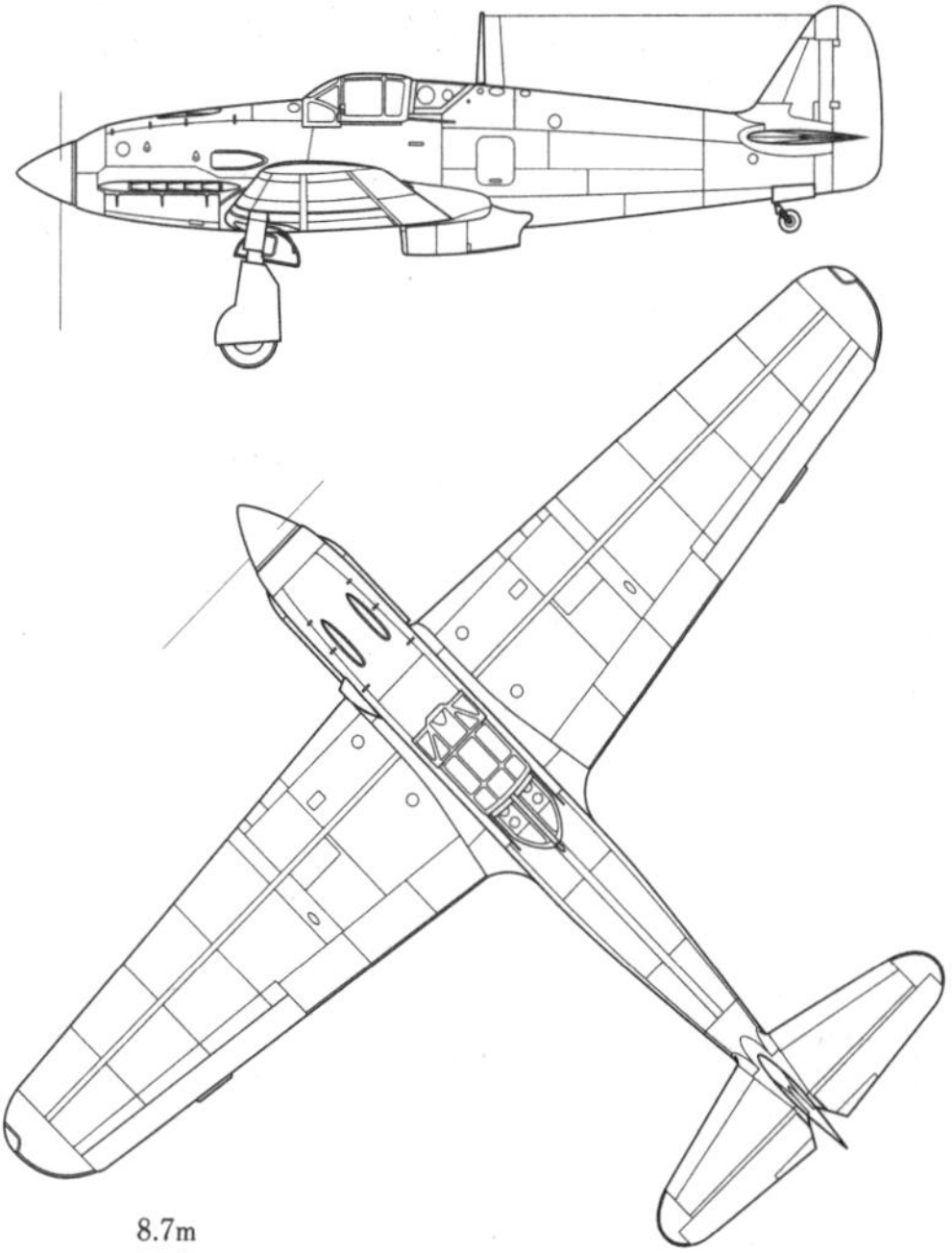

全長	8.7m
翼幅	12.0m
全備重量	3,150kg
発動機	愛知ハー46(ロールスロイス・マーリン66) 1,580馬力
最大速度	620km/時
兵装	20mm機関砲×2丁(機首)
	12.7mm機関砲×2丁(翼内)
乗員数	1名

川崎航空機が開発した単座戦闘機。日本の戦闘機としては珍しく液冷エンジンを採用した。二式艦偵のものと同じハー40(『熱田』二一型。離昇出力1.240馬力)を装備したが、より高出力のマーリン66を国産化したハー46(離昇出力1,580馬力)に換装した。これが本図に示した一二型である。

エンジンの高出力化により、最高速度は620キロ/時と日本軍戦闘機のなかでは最速となり、一撃離脱戦法を駆使して米軍機を翻弄している。

各艦の高角砲員や機銃員、甲板員が帽子を振り、力一杯声援を送っている。

その声に後押しされるかのように、数十機の戦爆連合が、南東の空へと飛び去っていった。

3

旗艦「エセックス」の戦闘情報室《ＣＩＣ》に届いた報告を、アメリカ合衆国海軍第二三任務部隊《ＴＦ23》司令官ジョン・Ｓ・マッケーン少将は、信じられない思いで聞いた。

「エセックス」の飛行甲板から、勇躍《ゆうやく》出撃していった新型艦上戦闘機グラマンＦ６Ｆ〝ヘルキャット〟は、およそ三分の一の機数を失っている。

帰還機にも、被弾・損傷した機体が多い。

損害がゼロで済むとまでは楽観していなかったが、損耗率が三〇パーセントを超えるというのは想定外の事態だ。

「イントレピッド」「バンカー・ヒル」に帰還したグラマンＦ４Ｆ〝ワイルドキャット〟の状態は、更に悪い。

帰還機は、半数近くに撃ち減らされている。

開戦直後、Ｆ４Ｆは速力、運動性能共に勝るジークに苦戦を強《し》いられることが多かったが、その頃でさえ、未帰還率がこれほど高くなることはなかったとマッケーンは記憶している。

尋常《じんじょう》ならざる事態が、攻撃隊を見舞ったとしか考えられなかった。

「ＶＦ10の交信を傍受《ぼうじゅ》した結果、幾つかの事実が判明しております。第一に、ＶＦ10は目的地の手前でジャップの新型戦闘機約三〇機と交戦したこと。新型戦闘機は液冷エンジンの搭載機と見られ、速度性能はＦ６Ｆを上回ること。機首に、二〇ミリと推定される機銃二丁を装備していたことです」

情報参謀デニス・スタンプ少佐の報告を受け、航空参謀リチャード・ウォーレス中佐が言った。

「ＶＦ10は新型戦闘機との戦闘に拘束《こうそく》され、Ｆ４Ｆ

の援護《えんご》を充分行えなかったものと推測されます」

「だとしても、F4Fの損耗率が五〇パーセント近くになるか?」

　参謀長のルーク・サトルスキー大佐が首を捻《ひね》った。

　緒戦《しょせん》の頃ならともかく、今はF4Fとジークの間にそれほどの差はないはずだ、と言いたげだった。

「爆弾を投棄してジークに立ち向かえば、互角に戦えたと考えますが、F4Fのクルーはぎりぎりまで任務の完遂《かんすい》にこだわったのかもしれません。彼らの使命感が仇《あだ》となり、ジークに多数が撃墜されたものと推測します」

「私の判断ミスだ」

　マッケーンが、絞り出すような声で言った。

　TF23の当初の任務は、クェゼリンを襲った日本艦隊の捕捉撃滅《げきめつ》だ。

　この日の未明までは、太平洋艦隊司令部の命令は有効であり、TF23も今一息で日本艦隊を捕捉可能なところまで来ていた。

　ところが太平洋艦隊司令長官ハズバンド・E・キンメル大将は、土壇場《どたんば》で作戦の中止と太平洋艦隊本隊への合流を命じて来た。

　日本軍の機動部隊と基地航空部隊の波状攻撃により、トラック環礁《かんしょう》の全飛行場が使用不能となったため、TF23が擁《よう》する三隻のエセックス級空母が、太平洋艦隊の直衛に不可欠《ふかけつ》となったのだ。

　本来であれば、TF23は直ちにトラックに帰還しなければならないが、マッケーンは当初の任務にこだわった。

　日本軍の機動部隊は、自分たちの手の届くところにいる。見逃すのは惜《お》しい。せめて敵空母の飛行甲板を破壊し、発着艦不能としたい。

　攻撃隊の出撃から収容までは、四時間ほど見ておけば充分だ。

「トラックへの帰還が少しばかり遅れるだけだ。それでジャップの戦力を減殺《げんさい》できれば、勝利に貢献《こうけん》できる」

マッケーンはそのように考え、独断でラウラウ湾の日本艦隊攻撃を強行した。

ところが、マッケーンの目算《もくさん》は大きく狂った。

攻撃隊は大きな損害を受けて撃退され、敵空母にはほとんど損害を与えられなかった。

攻撃隊総指揮官ロバート・アダムス中佐は、

「敵空母二隻に二〇〇ポンド爆弾二発乃至《ないし》三発命中。効果不充分。再攻撃を要す」

と報告している。

マッケーンは、ＴＦ23のトラック帰還を遅延させただけではない。

多数のＦ６Ｆ、Ｆ４Ｆを失い、太平洋艦隊の防空力を損なうという重大な結果を招いたのだ。

「司令官、今後の方針を決めて下さい」

あらたまった口調《くちょう》で、サトルスキーが言った。

攻撃隊の帰還機は、既に収容が終わっている。

待機中のＦ６Ｆ、Ｆ４Ｆを繰り出せば、今一度の攻撃が可能だが——。

「本隊に合流する。これ以上、戦闘機の数が減少すれば、本隊の頭上を守れなくなる」

マッケーンは、決断を伝えた。

「賛成です」

サトルスキーが賛意を表明し、ウォーレスやスタンプも頷いた。

「各空母の戦闘機隊に、戦闘空中哨戒《CAP》を実施させよ。ジャップの追撃に備えつつ、マリアナ近海から離脱する。艦隊針路一二〇度！」

マッケーンが下令したとき、

「敵味方不明機、右一五度！」

「通信室より報告。敵のものらしき通信波をキャッチ。発信位置、本艦至近」

二つの報告が、連続して上げられた。

「見つかったか！」

マッケーンは舌打ちした。

敵に発見されぬうちに引き上げるつもりだったが、目論見《もくろみ》通りには行かなかったようだ。

ＴＦ23全艦が、慌《あわ》ただしく動き出した。

「エセックス」の飛行甲板で待機していたＦ６Ｆが発進し、日本軍の偵察機に向かってゆく。

各艦が針路を一二〇度に変更し、巡航速度の一六ノットから二五ノットまで増速する。

「直衛機より報告。『敵一機撃墜。敵機は二式艦偵《ジュディ》と認む』」

ほどなく通信室から、報告が上げられた。

「これでジャップは、我が隊への触接《しょくせつ》を失った」

「楽観はできない。マリアナの敵航空部隊は、既に行動を起こしているはずだ」

安心したようなスタンプの言葉を受け、ウォーレスがたしなめるように言った。

三〇分ばかりが経過したとき、ウォーレスの危惧《きぐ》は現実のものとなった。

「Ｊ（日本機）群探知。方位二八五度、九〇浬！」

「エセックス」の電測室から、緊張した声で報告が上げられた。

「戦闘機隊、発進！」

マッケーンの命令が、三隻の空母に伝えられる。

「エセックス」「イントレピッド」「バンカー・ヒル」の飛行甲板上で、次々とチェッカー・フラッグが振られ、暖機《だんき》運転を終えていたＦ６Ｆ、Ｆ４Ｆが弾《はじ》かれたように飛び出す。

この日早朝、サイパンに向かった攻撃隊を見送ったときと同様、機銃員や甲板員が歓声を上げ、拳《こぶし》を突き上げて、戦闘機隊のクルーに声援を送る。

各空母より二〇機ずつ、合計六〇機が発艦を終えた旨が、「エセックス」のＣＩＣに届けられた。

「敵の機種は一式陸攻《ベティ》か天弓《ダスティ》でしょうな。水平爆撃か雷撃のどちらかです」

サトルスキーが言った。

「敵の高度は分かるか？」

「電測、敵の高度報《しら》せ」

マッケーンの問いを受け、艦長ドナルド・Ｂ・ダンカン大佐が電測室に聞いた。

「現在一万四〇〇〇フィート（約四三〇〇メートル）。接近するにつれ、高度を上げています」

「高高度からの水平爆撃ですな」

電測長フランク・ボードマン少佐の答を受け、サトルスキーがどこか安心したような声で言った。

高高度からの水平爆撃は、命中率が非常に悪い。地上の静止目標ならともかく、高速で回避運動を行っている艦船には、ほとんど命中しない。

ＴＦ23にとり、さほどの脅威《きょうい》にはならないはずだ、と考えたようだ。

「命中率が悪いからといって、油断はできぬ。マッカーサー将軍を戦死させたのも、ジャップの水平爆撃だったことを忘れてはならない」

マッケーンは、かぶりを振った。

フィリピンから脱出したアジア艦隊が、日本軍の空襲を受け、重巡「ポートランド」に乗艦していた陸軍大将ダグラス・マッカーサーが戦死したことは、よく知られている。

日本軍がマッカーサーの乗艦を知っていたとは考え難《にく》く、不幸な偶然だったというのが定説《ていせつ》だが、命中率が悪いはずの水平爆撃が、ときとして重要な目標に命中することは、現実に起こり得るのだ。

「Ｊ群、高度二万フィート（約六〇〇〇メートル）！」

「『サラトガ』より通信。『Ｊ群視認。味方戦闘機、敵機と交戦中』」

二〇分余りが経過したところでボードマンが報告し、次いで通信長のエドワード・モートン中佐が、輪型陣《りんけいじん》の最後尾にいる巡洋戦艦《じゅんようせんかん》からの報告を伝えた。

若干の間を置いて、

「直衛隊指揮官より通信。『敵はジーク約五〇機、ベティ約六〇機。現在までにジーク二機、ベティ六機の撃墜を確認』」

モートンが新たな報告を上げる。

ＣＩＣからでは、空中の戦場は視認できない。

直衛戦闘機や各艦からの通信、見張員の報告によ

アメリカ海軍 CV-10 航空母艦「エセックス」

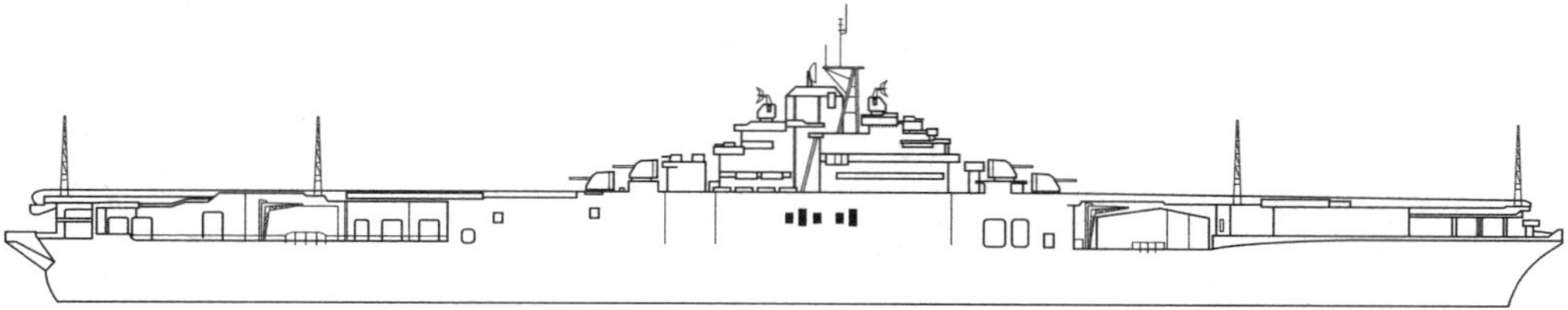

全長	265.2m
最大幅	45.0m
基準排水量	27,100トン
主機	蒸気タービン 4基／4軸
出力	150,000馬力
速力	33.0ノット
兵装	12.7cm 38口径 連装両用砲 4基 8門 12.7cm 38口径 単装両用砲 4基 40mm 4連装機銃 17基 20mm 単装機銃 44丁
航空兵装	最大 124機
乗員数	3,040名
同型艦	CV-11 イントレピッド、 CV-12 バンカー・ヒル (他、多数を建造中)

米海軍の新鋭空母。「ヨークタウン」級の建造、運用で得られたノウハウを設計段階から取り入れ、全体的に完成度の高い空母に仕上がっている。飛行甲板は長さ263メートル、幅33メートルで「ヨークタウン」級に比べ長さで18メートル、幅で6.7メートル大きく、４個飛行隊（72機）を同時に運用することが可能となった。主要防御区画への装甲も強化され、日本軍機が多用する250キロ爆弾では甲板に施された水平装甲を貫くことはできないとされる。

一方で、米海軍は大艦巨砲主義を堅持しており、建艦予算の多くは戦艦を中心とした水上戦闘艦艇に割り振られている。このため、本級１番艦の「エセックス」が竣工したのは予定よりも大幅に遅れた1942年末であった。以後、次々と竣工しているが、大型艦の運用に不可欠な熟練乗員の不足もあり、そのすべてを戦力化するにはいましばらくの時間がかかると予想されている。

って、状況を把握するだけだ。

「J群、後方より接近。『サラトガ』射撃開始」

「『クインシー』『ヴィンセンズ』射撃開始。『イントレピッド』『バンカー・ヒル』射撃開始」

艦橋から、各艦の状況が報される。

「艦橋よりCIC。本艦、射撃開始します」

ダンカン艦長が報告し、「エセックス」が僅《わず》かに身を震わせた。

左右両舷に装備する一二・七センチ連装両用砲四基、同単装両用砲四基、計一二門が射撃を開始したのだ。

CICにも、微《かす》かに砲声が伝わって来る。

砲声に混ざって、炸裂音が聞こえ始めた。

「何だ……?」

マッケーンは、しばし状況を把握できなかった。

上空のベティとダスティが投弾を開始したことは想像がつくが、外《はず》れ弾の爆発なら、音は海面か海中から届くはずだ。

だがCICに伝わる炸裂音は、頭上から聞こえるように感じられる。

「艦橋よりCIC。敵は三式爆弾《バックショット》を使用！」

「バックショットだと⁉」

ダンカンの報告を受け、マッケーンは思わず聞き返した。

飛行場や防御陣地を攻撃するための爆弾だ。

空中で炸裂し、無数の焼夷榴散弾《しょういりゅうさんだん》と弾片を広範囲に飛散させる。狩人《ハンター》が鹿狩りに使用する散弾《バックショット》を連想させるため、この呼び名がある。

マリアナの日本軍航空部隊は、トラックの飛行場攻撃にこの爆弾を多用し、付帯設備や駐機場の機体、地上部隊の兵に大きな被害を与えている。

だがバックショットが有効なのは、地上の軟《なん》目標に対してだ。軍艦に用いても、効果はほとんど望めないが――。

「空母三隻は、直ちに回避運動に入れ。飛行甲板をやられる恐れがある！」

マッケーンはあることに思い至り、慌ただしく下令した。

「面舵《おもかじ》を切ります！」

ダンカンが報告したが、「エセックス」はすぐには回頭しない。

ヨークタウン級より一回り大きく、基準排水量は七〇〇〇〇トン以上上回る艦だ。舵が利き始めるまでには時間がかかる。

「エセックス」の周囲でも、バックショットが爆発し始め、炸裂音がＣＩＣに伝わる。

艦が揺れることはないが、無数の焼夷榴散弾と弾片が飛散していることは想像がつく。

果てしなく続くかに感じられたバックショットの炸裂は、唐突《とうとつ》に止んだ。

「Ｊ群、離脱します！」

「直衛機に深追いしないよう命じろ。敵の第二波が来るかもしれん」

ボードマンの報告を受け、マッケーンはサトルスキーに命じた。

「エセックス」から命令が飛んだ直後、入れ替わるようにして、被害状況報告が届いた。

『『イントレピッド』『バンカー・ヒル』より報告。両艦とも飛行甲板損傷。発着艦不能です」

通信室と連絡を取っていたスタンプが、顔を青ざめさせて報告した。

「被害の詳細は分かるか？」

「焼夷榴散弾と弾片が、飛行甲板の板材を広範囲に亘《わた》って損傷させたそうです。両艦とも、飛行甲板には無数の弾片が突き刺さり、ナイフの刃《は》を植えたような有様《ありさま》になっていると報告しております」

マッケーンは、最悪の予想が現実になったことを悟《さと》った。

空母の飛行甲板は板張りであるため、機銃弾や弾片による損傷を受けやすい。一箇所や二箇所ならともかく、飛行甲板の全面に亘って被害を受ければ、発着艦は不能になる。

日本軍はこの弱点に目を付け、バックショットを投下したのだ。

「艦長よりCIC。先の空戦で弾切れになった機体が、着艦を求めています」

ダンカンが報告した。

着艦を求めているのはVF10だけではない。母艦が着艦不能となったVF11、VF12のF4Fもだ。

「本艦の飛行甲板は無事か？」

「被害の報告は届いていません。本艦を狙ったバックショットは、艦の側方で爆発したため、飛行甲板に被害はなかった模様です」

「全機を本艦に下ろせ。損傷機、クルーが負傷している機体、燃料が残り少ない機体を優先せよ」

マッケーンは、声を落ち着かせようと努めながら命じた。

指揮官の責任が、これまで以上に重大になったことを自覚している。

「イントレピッド」「バンカー・ヒル」が発着艦不能になった今、「エセックス」はTF23のみならず、太平洋艦隊が使用可能な唯一の空母になったのだ。

何としても、「エセックス」を無傷でトラックに帰還させねばならない。

「『サラトガ』より報告！」

通信室からの緊急報告を受け取ったスタンプが、血相《けっそう》を変えて叫んだ。

「対空レーダーに新たなJ群の反応あり、との報告です。方位三〇〇度、九〇浬！」

4

「現在位置、ナフタン岬《みさき》よりの方位一三五度、一〇〇浬。二中隊全機、我に続行中」

「了解した」

伝声管《でんせいかん》を通じての報告に、海軍第五〇二航空隊の第二中隊長刈谷文雄《かりやふみお》大尉は、応答を返した。

第五〇二航空隊は昨年一一月、一式戦闘攻撃機

「天弓」の装備部隊である第八航空隊が改称された部隊だ。

このとき、刈谷は中尉から大尉に昇進すると同時に、第三小隊長から第二中隊長に昇格している。

そのときまでは、自機を含めて三機を率いる立場だったが、現在は三個小隊九機を指揮する身となったのだ。

天弓は重爆撃機に対する邀撃《ようげき》、艦船攻撃、敵飛行場や防御陣地への爆撃等、多様《たよう》な任務をこなせる機体だが、昨年一一月、グアム島を占領してからは、専《もっぱ》らB17に対する邀撃戦に従事していた。

米太平洋艦隊の主力はトラックに籠城《ろうじょう》し、マリアナ諸島に近づこうとしない。

マリアナ諸島各島からトラック環礁までは遠過ぎ、天弓の航続性能では往復できない。

このため、天弓の装備部隊は、B17に対する邀撃戦に専心せざるを得なかったのだ。

だがこの日――七月二〇日、久々に、敵艦隊を叩く機会が訪れた。

ラウラウ湾の第四艦隊を空襲した敵機は、艦上機であり、サイパン島の東方海上に敵の空母機動部隊がいると考えられる。

サイパン島の第八艦隊司令部は攻撃を決意し、一式陸攻を装備する第五〇四航空隊と、天弓を装備する五〇二空、五〇一空に出撃を命じたのだ。

機数は、五〇二空と五〇一空を合わせて六七機。

これに、第二〇二航空隊と第二五二航空隊の零戦三六機が護衛に付く。

敵機が飛び去ってから、攻撃隊が出撃するまで、一時間余りが経過しているが、空母機動部隊は、攻撃隊の帰還まで動くことはできない。

帰還機の収容にも、三〇分はかかる。

それらを考え合わせれば、敵艦隊は、それほど遠くには行けないはずだ。

「五〇四空指揮官機より受信。『我、敵空母ヲ爆撃ス。二隻撃破ヲ確認ス。猶《ナオ》、敵ノ位置ハ〈ナフタン岬〉

ヨリノ方位一三〇度、一九〇浬。敵針路一二〇度。〇七三八《マルナナサンハチ》』」

偵察員の佐久間徳藏《さくまとくぞう》上等飛行兵曹が報告した。

八空時代から、一貫《いっかん》して刈谷と組んでいる相棒《あいぼう》だ。刈谷の昇進と同時に、佐久間も二等飛行兵曹から上飛曹に昇進している。

「よし！」

刈谷は快哉《かいさい》を叫んだ。

先行した五〇四空が、最優先目標である空母の撃破に成功したとの報告だ。自分たちも、負けてはいられない。

五〇二空の先頭に位置する早乙女玄《さおとめげん》中佐の機体が、左旋回をかけた。

日米開戦の直前、日本最初の天弓装備部隊である第八航空隊の飛行隊長に任じられてから、八空、五〇二空の指揮を執り続けて来た人物だ。

中佐に昇進すれば、飛行機から降り、飛行長や航空戦隊の参謀といった職に異動するのが通例だが、早乙女は「決戦を前に、飛行隊長を代えるべきではありません」と強く主張し、五〇二空飛行隊長の座に留まっている。

早乙女機の動きに合わせ、第一中隊の八機が左に旋回し、刈谷も早乙女機に倣《なら》って、針路を修正する。

六七機の天弓と、護衛に当たる零戦三六機は、高度三〇〇〇メートル上空の大気を騒がせつつ、敵艦隊を追い求めて進撃してゆく。

八時一〇分、早乙女飛行隊長の張りのある声と、二〇二空飛行隊長白鳥始《しらとりはじめ》大尉の緊張した声が、続けざまに飛び込んだ。

「早乙女一番より全機へ。無線封止解除。右一五度に敵艦隊！」

「白鳥一番より全機へ。前上方、敵機！」

刈谷が前上方を見やったときには、護衛の零戦のうち、約半数が上昇を開始している。

エンジン・スロットルをフルに開き、攻撃隊の頭上から襲いかからんとしていた敵機に、真《ま》っ向《こう》から突っ込んでゆく。

刈谷は、右前方に視線を転じた。

三隻の大型艦を中心にした、輪型陣が見える。

中央に位置する艦は、まな板を連想させる角張った形状だ。艦首から艦尾まで、飛行甲板の横幅をほぼ一定にするのは、米空母の特徴と言える。

輪型陣の外郭《がいかく》にも、空母と同等以上の巨艦が見える。輪型陣の右前方と左前方、最後尾に一隻ずつだ。戦艦か巡戦と見て間違いない。

「早乙女一番より全機へ。五〇一空目標、敵戦艦一番艦。五〇二空目標、敵戦艦二番艦。全軍、突撃せよ！」

早乙女が、慌ただしく下令した。

「敵は空母を中心とした輪型陣を組み、戦艦を外郭に配置していると思われる。五〇二空は五〇一空と協同して戦艦を叩け」

出撃直前の打ち合わせで、五〇二空司令の原田友《はらだとも》蔵《ぞう》大佐は、そのように命じていた。


「目標、敵戦艦二番艦。刈谷一番、了解！」

「刈谷一番より二中隊、続け！」

刈谷は早乙女に復唱《ふくしょう》を返し、次いで指揮下の全機に下令した。

五〇一空が右に、五〇二空が左に、それぞれ旋回した。

狙いは、敵戦艦への雷撃だ。五〇一空、五〇二空とも、全機が九一式航空魚雷を爆弾槽に抱えている。

早乙女が直率する第一中隊九機が降下を開始し、刈谷も麾下八機の天弓を誘導しつつ、第一中隊の後を追う。

この直前まで、三〇〇〇メートルを指していた高度計の針は、反時計回りに回転している。

眼下の海面がたぐり寄せるようにせり上がり、敵の艦影も拡大する。

敵戦闘機が襲って来た。天弓隊の前上方から、斬《き》り込《こ》むように突っ込んで来た。

天弓隊と共に降下していた直掩《ちょくえん》隊の零戦が、敵機に立ち向かう。

　機首を引き起こし、エンジン・スロットルを開き、猛々《たけだけ》しい爆音を轟《とどろ》かせながら突進する。

　敵戦闘機の両翼に、発射炎が閃いた。

　零戦は右、あるいは左に旋回してかわそうとしたが、一機が敵弾に捉えられた。刈谷の目には、無数の青白い曳痕が、零戦を包み込んだように見えた。

　零戦の機首から炎が噴き出し、みるみる機体全体を包み込んだ。炎と黒煙を引きずりながら、海面に向かって落下し始めた。

　刈谷は、思わず息を呑んだ。

　開戦直後は、米軍の戦闘機に対して優位に戦っていた零戦も、最近では苦戦を強いられることが少なくない。

　それでも、たった今目撃したように、一蹴《いっしゅう》されるなどということはなかったはずだ。

　零戦隊にも若年搭乗員《ジャク》が増えたためか、あるいは米軍も高性能な新型機を配備したのか。

　零戦を墜とした敵機が、五〇二空に向かって来る。

　F4Fと似た形状だが、一回り大きい。大きいだけではなく、速い。

　初見参《けんざん》の新型機だ。

　一中隊の中央に位置する二機が機首を引き起こし、機首に発射炎を閃かせる。

　二〇ミリ機銃四丁を機首に集中しているため、火箭が一つに寄り合わさったように見える。火箭というより、真っ赤な炎の棍棒《こんぼう》だ。

　それが、敵機を捉えることはない。二機合計八丁の二〇ミリ機銃から放たれた火箭は、放物線軌道を描いて下方へと消える。

　敵の新型機が、すれ違いざまに一連射を撃ち込む。先に零戦を包み込んだ無数の曳痕が天弓に殺到し、左の一番エンジンに命中する。

　無数の火花と共に、ジュラルミンの破片が飛び散った。被弾した天弓は、一番エンジンから炎と黒煙を噴き出し、墜落し始めた。

二機目の天弓が、続けてやられる。

コクピットに火箭を撃ち込まれたのだろう、ガラス片が陽光を反射しながら飛び散り、天弓は原形を留めたまま、海面へと落下する。

後続する天弓の後席から、細い火箭が飛ぶ。偵察員が、七・七ミリ旋回機銃を放ったのだ。

敵機が火を噴くことはない。速力を緩《ゆる》めず、射程外へと離脱する。

新たな敵戦闘機が前上方から向かって来る。先の敵機同様、一中隊を狙っているようだ。

一中隊の第三小隊長機が引き起こしをかけ、敵機に機首を向ける。

天弓が機首の二〇ミリ機銃を撃つより早く、敵機の両翼に発射炎が閃く。

火箭というより、無数の曳痕をぶち撒ける勢いだ。敵弾は、天弓の機首を包み込むように命中する。

次の瞬間、天弓の機首が炎の塊《かたまり》に変わった。左右の主翼と胴体の後ろ半分がちぎれ、それぞれが煙を引きずりながら海面に落下し始めた。

敵弾は機首の二〇ミリ機銃四丁を打ち砕いただけではなく、弾倉の誘爆を引き起こしたのだ。

離脱する敵戦闘機に、三小隊の二、三番機から火箭が飛ぶ。

七・七ミリ弾の火箭が、敵機の下腹に吸い込まれたように見えたが、火を噴く様子はない。F４Fより大きい分、防弾装甲も厚いようだ。七・七ミリ機銃は、ほとんど通用しない。

「中隊長、敵二機、前上方！」

刈谷のレシーバーに、叫び声が飛び込んだ。二中隊の第二小隊長水口勇作《みずぐちゆうさく》中尉の声だ。

刈谷は咄嗟に、舵輪《だりん》を左右に回した。

正面からの撃ち合いでは、この敵機には勝てない。ここは、逃げの一手だ。

天弓が右に、左にと機体を振る。

敵一番機の射弾が刈谷機の右脇をかすめ、後方に消えたかと思うと、二番機の射弾が殺到して来る。

こちらは左脇をかすめるが、被弾はない。

F4Fのそれより一回り大きな機体が、刈谷機の左右を通過する。

偵察員席の佐久間が七・七ミリ旋回機銃を発射するが、効果はまったくない。

「刈谷一番より二中隊、無事か⁉」

「刈谷二、三番、被弾なし！」

「二小隊、無事です！」

「三小隊、全機健在！」

「了解！」

偵察員席の佐久間、水口二小隊長、第三小隊長平《ひら》井《い》満《みつる》飛行兵曹長の返答を受け、刈谷はごく短く返答した。

このときには、五〇二空の天弓は、順次海面すれすれの低空に舞い降りている。

一中隊の六機が横一線に展開し、二中隊も倣う。
三、四中隊も、二中隊の後方で展開しているはずだ。
四個中隊三〇機の天弓が、四波に亘って波状攻撃をかければ、敵艦は逃れようがないはずだ。

「敵機、後方より来ます！」

佐久間が警報を送った。

刈谷は舵輪を右に、左にと回した。

天弓の機体が振り子のように振られ、翼端が波《なみ》頭《がしら》に近づく。その近くに、敵機の一二・七ミリ弾が線状の飛沫を上げる。

刈谷機に一連射を浴びせた敵機が、頭上を通過する。

敵機目がけて、一中隊の六機が七・七ミリ旋回機銃を発射する。

今度は効果があったのか、敵機が白煙を引きずりながらよろめいた。右に旋回し、離脱した。

安堵する間もなく、

「敵機、左後方！」

「田沢《たざわ》機被弾！　磯部《いそべ》機被弾！」

佐久間が、悲報を伝える。

日本海軍 一式戦闘攻撃機「天弓」一二型

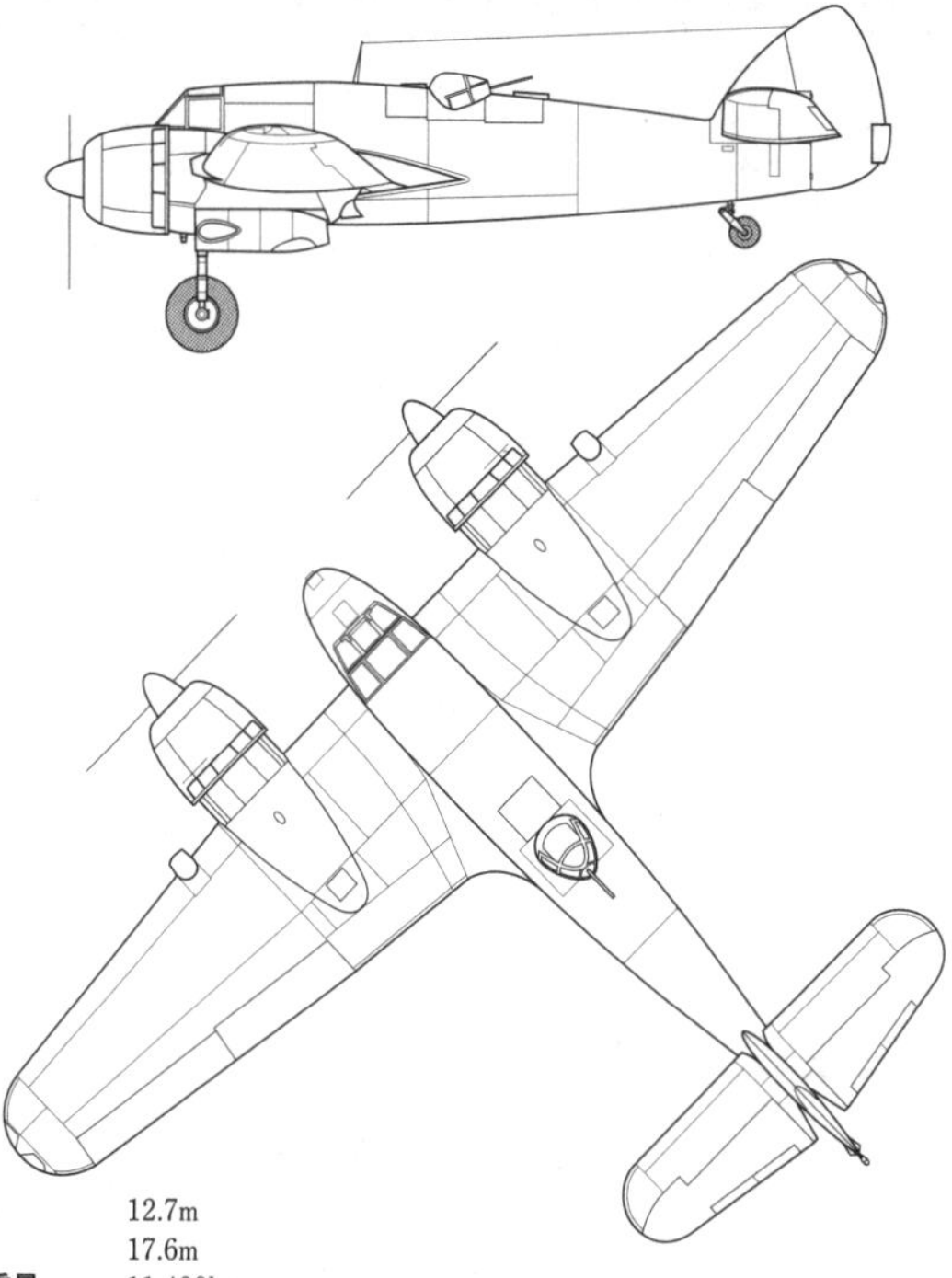

全長	12.7m
翼幅	17.6m
全備重量	11,400kg
発動機	三菱「火星」二一型 1,800馬力×2基
最大速度	566km/時
兵装	20mm機銃×4丁(機首固定)
	7.7mm機銃×4丁(翼内)
	7.7mm機銃×1丁(後席旋回)
	魚雷800kg×1 または 爆弾800kg×1 または 爆弾500kg×2
乗員数	2名

一式戦闘攻撃機「天弓」のエンジンを、より出力の大きな「火星」二一型に変更し、機動性を高めた機体である。最高速度は時速にして50キロ以上増し、敵の対空砲火をかいくぐって投弾、投雷を行う際の生残性も高まっている。「天弓」は開戦当初より日本軍の主力をなす戦闘攻撃機であるが、米軍機の性能が著しく向上するなか、本型の登場は前線に待ち望まれていたものであり、今後の活躍が期待される。

第三小隊の二、三番機だ。

降下中の攻撃は辛《かろ》うじて凌《しの》いだ第二中隊だが、ここへ来て二機を失ったのだ。

（戦闘機にはかなわぬか）

刈谷は唸り声を漏らした。

五〇一空の装備機は天弓一二型。

エンジンを一五三〇馬力の三菱《みつびし》「火星《かせい》」一一型から、一八〇〇馬力の「火星」二一型に換装すると共に、プロペラを三翅《し》から四翅に変更した機体だ。

兵装や爆弾搭載量は天弓一一型と同じだが、最高速度が五〇八キロから五六六キロと、大幅に向上している。

F4Fなら振り切ることが可能な速度性能だが、米軍の新型戦闘機はF4Fのみならず、天弓一二型よりも速いようだ。

（現代の戦争は、技術の競争だ。こちらが新型機を投入しても、すぐにその上を行く機体が現れる）

その現実を実感しつつ、刈谷は天弓を操った。


「三中隊二機被弾！　四中隊二機被弾！」

佐久間が、新たな被撃墜機の報告を上げる。

五〇一空の喪失機は、これで九機。一八名の搭乗員が、サイパン沖の洋上に散華《さんげ》したことになる。

敵戦闘機の攻撃は、それで終わりだった。

代わりに対空砲火が、五〇二空を出迎えた。

輪型陣の外郭を固める艦艇が、舷側に多数の発射炎を閃かせる。

若干の間を置いて、攻撃隊の正面に、左右に、あるいは頭上に、敵弾炸裂の火焔《かえん》が躍《おど》り、無数の弾片が縦横に飛散する。

一中隊の一機――第三小隊の三番機が火を噴き、海面に落下して飛沫を上げた。

続いて、早乙女飛行隊長の機体の右側至近で、敵弾が炸裂した。

「隊長！」

刈谷が叫び声を上げたとき、早乙女機は二番エンジンから火を噴き、速力を大幅に落としていた。

機体は右に、左にとふらつきながらも飛び続けている。

早乙女は、雷撃を断念していない。片方のエンジンに被弾し、火災を起こした機体を懸命《けんめい》に操り、飛行を続けている。

その早乙女機の胴体下から、細長いものが落下した。九一式航空魚雷を発射したのだ。

射点はかなり遠いが、もう機体が保《も》たないと判断したのだろう。

数秒後、早乙女機は滑り込むようにして海面に突っ込み、飛沫を上げた。

直後、刈谷機は早乙女機の墜落地点を通過した。

刈谷は、早乙女に黙礼するだけに留めた。

敬礼を送る余裕はない。今は、目標への雷撃が最優先だ。

「刈谷一番より五〇二空全機へ。早乙女隊長が戦死された。二中隊長が指揮を引き継ぐ！」

機体を操りながら、刈谷は全機に下令した。

一個中隊の指揮官から、五〇二空全機の指揮を執る立場になったのだ。責任は、極めて重大だ。

「全機、高度を極力下げよ！」

刈谷は、改めて下令した。

五〇二空の搭乗員は、全員がB17相手の防空戦闘で実戦経験を積んでいるが、雷撃戦は今回が初めてという者が少なくない。

超低空飛行の訓練を積んではいるが、敵の猛射の中で、どこまで訓練通りにやれるものか。

前を行く第一中隊の残存機が命令に従い、高度を下げる。

刈谷もまた機首を押し下げ、海面に張り付かんばかりの超低空飛行に移る。

間近に見えていた海面がこれまで以上に近づき、手を伸ばせば届きそうに感じられる。

この日は風が弱く、波が低いことが救いだ。高波が来たら、波頭に突っ込みかねない。そうなれば、まったくの犬死《いぬじ》にだ。

（死ぬにしても、大物を道連れにしてやる）

自身に言い聞かせ、刈谷は突撃を続けた。

敵の対空砲火は、両用砲から機銃に替わっている。

青や赤の曳痕が、地吹雪《じふぶき》さながらの勢いで殺到し、天弓の頭上を通過してゆく。

頭上を、敵弾に塞《ふさ》がれた格好《かっこう》だ。僅かでも高度を上げれば、敵弾の網に搦め捕られる。

「水口機、被弾！」

佐久間が新たな被害を報告した。

第二小隊の指揮官機だ。敵戦闘機の攻撃を受けたときには、二小隊全機の無事を元気に報告していた若い士官も、敵の激しい対空砲火は切り抜けられなかったのだ。

「四中隊一機、海面に突っ込む！」

（すまぬ）

佐久間の報告を受け、刈谷は胸中《きょうちゅう》で詫《わ》びた。

経験の浅い搭乗員に難しい飛行をやらせ、死に追いやってしまったのだ。

超低空飛行をしなければ、高確率で被弾する。少しでも生き延びる可能性が高い道を、部下に選ばせたつもりだが、たった今墜落した天弓の搭乗員には、生を摑み取る腕が不足していたのだ。

墜落機を出しながらも、五〇二空は輪型陣の外郭に迫っている。

刈谷の目の前に、空母に劣らぬ巨艦が見える。

長大な艦体。中央にそびえる二基の籠《かご》マストと二本の太い煙突《えんとつ》。

レキシントン級巡洋戦艦だ。

対空火器を大幅に増備したのだろう、艦の中央部が発射炎で真っ赤に染まっている。ともすれば、火災を起こしていると思えるほどだ。

「願ってもない相手だ」

刈谷は、口中で呟いた。

五〇二空の前身だった第八航空隊は、昨年のサイパン沖海戦で、レキシントン級巡戦に雷撃を見舞っている。

あのときは「赤城《あかぎ》」との協同攻撃であり、三隻撃沈の戦果を上げた。

目の前のレキシントン級を撃沈すれば、五〇二空は「航空攻撃のみでレキシントン級を沈めた部隊」として、海軍航空の歴史に名を残す。

一足先に、一中隊がレキシントン級に突入する。早乙女隊長を含め、四機を失ったが、なお五機が健在だ。

その五機が、凄《すさ》まじい弾幕射撃を衝《つ》いて、低空から突進する。

一機が火を噴き、よろめいた。

墜落するかと思いきや、その天弓は速力を上げ、レキシントン級の舷側に真っ向から激突した。

巨大な火焰が湧き出し、束の間レキシントン級の二番煙突と後檣《こうしょう》が黒煙に隠れる。

対空砲火が、弱まったように感じられる。

被弾した天弓は、体当たりによってレキシントン級の対空火器を潰《つぶ》し、後続機に道を開いたのだ。


このときには、一中隊の残存四機は魚雷を発射し、左右に旋回している。

敵戦艦の前部から火箭が飛び、天弓一機を捉える。天弓は左の一番エンジンから火を噴き、海面に叩き付けられる。

「刈谷一番より五〇二空全機へ。魚雷発射後は敵艦の後方から離脱せよ！」

命令を送りつつ、刈谷はなおも突進した。

目の前に、米巡戦の特徴的な艦体が迫って来る。

先の天弓の体当たりによって、火災を起こしながらも、その威容《いよう》は損なわれていない。

照準器《しょうじゅんき》の白い環《わ》が、レキシントン級を捉えた。

敵艦の艦首が照準環に重なるよう、針路を微妙に調整した。

「用意、てっ！」

一声叫ぶや、魚雷の投下レバーを引いた。

同時に機首を押し下げ、機体の上昇を防いだ。

レキシントン級の巨体が、目の前に迫る。激突寸前の距離まで肉薄《にくはく》したのだ。

刈谷は舵輪を右に回し、離脱にかかった。

行きがけの駄賃《だちん》とばかりに、機首四丁の二〇ミリ機銃を発射する。真っ赤な太い火箭が、艦上を覆《おお》う猛煙の中に吸い込まれてゆく。

「後続機、どうか⁉」

「二中隊、全機発射。三、四中隊も発射を確認！」

「了解！」

佐久間の返答を受け、刈谷は満足感を覚えた。

早乙女隊長亡き後、指揮を引き継ぎ、残存全機に魚雷を発射させたのだ。後は、一本でも多く命中するよう祈るだけだ。

やがて——。

「水柱一本確認！　続いて二本確認！」

佐久間が、歓声混じりの報告を上げた。

「合計五本。全て左舷側に命中しました！」

「よし！」

刈谷は、深い満足感を覚えた。舵輪を放して、右手の拳を打ち振りたい衝動に駆られた。

巨体を誇るレキシントン級巡戦といえども、魚雷五本命中となれば、相当な打撃になったはずだ。

開戦以来、望みながらも実現できなかった「航空機のみによる戦艦の撃沈」を、今度こそ成し遂げられたのではないか。

数分後、刈谷機からサイパン島の司令部に報告電が飛んだ。

「我、敵巡戦一ヲ雷撃ス。魚雷五本命中ヲ確認ス。〇八四二《マルハチヨンフタ》」

5

リヴァモア級駆逐艦の「マーヴィン」が、海上に横たわっている艦にゆっくりと接近した。

レキシントン級巡洋戦艦の六番艦「ユナイテッド・ステーツ」——輪型陣の左方を守っていた艦は、左に大きく傾斜し、右舷側の艦底部の一部が、水面上に見えている。

TF23旗艦「エセックス」の艦橋からは目視できないが、左舷側の海面が重油でどす黒く染まっているであろうことは容易に想像がついた。

火災煙は、艦全体を覆っている。もはや消火作業に当たる者もいなくなったため、被雷時の火災が燃え続けているのだ、

「『ユナイテッド・ステーツ』の生存者一二六一名との報告です」

ジョン・S・マッケーンTF23司令官に、ルーク・サトルスキー参謀長が報告した。

「全員を救助したな?」

「各科の長と先任将校が、各部署毎に全員の退去を確認しています。艦長も、『全生存者の収容を完了せり』と報告しています。間違いないでしょう」

念を押したマッケーンに、サトルスキーは答えた。

「いいだろう。『ユナイテッド・ステーツ』を処分せよ」

マッケーンは、感情のこもらぬ声で命じた。

第二次空襲では「エセックス」が狙われるものとマッケーンは思っていたが、意外にも日本軍はレキシントン級巡洋戦艦を狙って来た。

攻撃は「コンステレーション」「ユナイテッド・ステーツ」の二艦に集中し、前者には二本、後者には五本もの魚雷が命中した。

「コンステレーション」からは、「出し得る速力二四ノット」との報告が届いたが、「ユナイテッド・ステーツ」から届いた報告は、絶望的なものだった。

同艦の艦長エドモンド・オークリッジ大佐は、

「浸水拡大中。航行不能。総員退去の許可を求む」

と伝えて来たのだ。

マッケーンは即座に、「ユナイテッド・ステーツ」の全乗員を退艦させ、艦を雷撃処分すると決定した。

レキシントン級巡戦は、新鋭戦艦の「オレゴン」やアラバマ級戦艦に次ぐ有力艦だ。

五〇口径四〇センチ砲八門を装備し、最大三三・

三ノットの高速で洋上を疾駆する。

一度はサイパン沖で、日本軍の空母を追い詰めたこともある。

しかも艦名の「ユナイテッド・ステーツ」は、合衆国そのものを表している。

そのような艦の処分を、マッケーンは一切躊躇《ちゅうちょ》することなく決めたのだ。

「現海面は、マリアナ諸島からの攻撃圏内に入る。日没まではまだ間がある以上、あと一度か二度の空襲を覚悟しなければならない。ラウラウ湾にいた敵機動部隊による追撃も懸念される。この状況下で『ユナイテッド・ステーツ』を無理に連れ帰ろうとすれば、他の艦が危険だ。犠牲《ぎせい》を最小限に留めるためには、ここで処分する以外にない」

驚きの表情を見せた幕僚《ばくりょう》たちに、マッケーンは説いた。

自分にもはや未来はない、とマッケーンは自覚している。

太平洋艦隊司令部の命令を無視し、本隊への合流を独断で遅らせただけではなく、巡戦一隻を失い、最新鋭空母二隻を傷つけられたのだ。

本国に帰還すれば、厳重な査問《さもん》会か軍法会議にかけられ、予備役編入は間違いない。

そうなるとしても、部下に対する責任は果たさねばならない。

「ユナイテッド・ステーツ」のクルーを一人でも多く救出し、連れ帰ることが、TF23司令官の最後の任務だった。

――幸い、新たな日本機の来襲はなく、乗員の救助作業は順調に進んだ。

雷撃を命じられた駆逐艦「マーヴィン」が、魚雷の射点に付こうとしている。

本来であれば、敵艦に撃ち込むはずだった魚雷が、合衆国海軍が誇る巡洋戦艦に発射されるのだ。

発射雷数は五本。

既に五本の魚雷を受け、下腹を抉《えぐ》られた艦を、更に同数の魚雷が襲うのだ。

「ユナイテッド・ステーツ」が、さほど時間が経たぬうちに姿を消すことは明らかだった。

「ジャップに、名を上げさせてしまいましたな」

サトルスキーが深々と溜息《ためいき》をついた。

「長年、答が出なかった課題が、とうとう実証されたわけです。——航空機は戦艦を撃沈できるや否《いな》や、という課題が」

これまで、航空攻撃だけで沈められた戦艦、巡洋戦艦はない。

艦隊戦の前に、航空攻撃で損傷し、戦闘力を削《そ》がれた艦はあったが、最後の止《とど》めは、艦砲や魚雷が刺している。

「航空機には、戦艦を無力化することはできても、撃沈はできない」

というのが、これまでの戦例から判明したことであり、「航空機対戦艦」の論争に関する定説となっていたのだ。

その定説が、遂に覆《くつがえ》された。

「ユナイテッド・ステーツ」は巡洋戦艦であって、純然たる「戦艦」ではないとの主張も予想されるが、それでも「史上初めての、航空攻撃のみで撃沈された戦艦」となったのだ。

「私は、実証されたなどと思っていないが？」

こともなげな口調で、マッケーンは言った。

「『ユナイテッド・ステーツ』は、ジャップの航空雷撃で無力化されただけだ。私はクルーの生還を最優先に考え、艦を処分すると決めたのだ。あの艦を沈めるのは合衆国海軍の魚雷であって、ジャップの航空魚雷ではない」

「処分せざるを得なくなったのは、敵の航空攻撃が理由です。『ユナイテッド・ステーツ』は、航空機に沈められたと考えるべきでは？」

「いや、あの艦はＴＦ23司令官の意志で処分するのだ。ジャップに撃沈されたわけでは、断じてない」

(奴らに名をなさしめてたまるか)

腹の底で、マッケーンは毒づいている。

「ユナイテッド・ステーツ」の雷撃処分を決めたのは、クルーの生還を優先したためだが、「史上初の、航空機による戦艦の撃沈」の栄誉《えいよ》を、日本軍に与えないためでもある。

三度目の空襲があれば、「ユナイテッド・ステーツ」は今度こそ撃沈される。

そうなる前に先手《せんて》を打ち、合衆国海軍自らの手で処分するのだ。

「私が守ろうとしているのは、『ユナイテッド・ステーツ』クルーの生命だけではない。合衆国海軍の名誉も、だ」

きっぱりとした口調でマッケーンが言ったとき、通信室から報告が届いた。

「『マーヴィン』より報告。『今より雷撃す』」

艦橋内の全員が、停止している巡戦を見た。

やがて「ユナイテッド・ステーツ」の右舷側に、五本の巨大な水柱が奔騰《ほんとう》し、下腹にこたえるような炸裂音が伝わった。

艦は急速に傾斜を増し、盛大な飛沫を上げながら横転した。

「ユナイテッド・ステーツ」が完全に姿を消したときには、TF23の全艦は既にその場から立ち去っており、最期《さいご》の瞬間を目撃した者はいなかった。

6

「基地航空隊に、任せきりになってしまったな」

角田覚治第四艦隊司令長官は、苦笑しながら岡田次作参謀長に言った。

第八艦隊司令部からは、

「敵巡洋戦艦一隻、撃沈確実。敵空母二隻、巡戦一隻撃破。敵ハ遁走《トンソウ》セルモノト判断ス。一〇一〇《ヒトマルヒトマル》」

との報告が届いている。

角田は、第四艦隊の艦上機で敵機動部隊に一太刀《ひとたち》を浴びせようと考えたが、岡田が反対した。

「四艦隊は補給が未了であり、航空機用の燃料、弾薬が不足しております。無理押しをするよりは、補給を完了させ、戦力を整えた上で、決戦に臨《のぞ》んだ方がよいでしょう」

第六航空戦隊の山口多聞司令官も岡田同様、慎重論を唱《とな》えた。

「四艦隊のクェゼリン攻撃は、米太平洋艦隊との決戦という大きな作戦の一部です。ここは大局的見地《けんち》に立ち、補給を終えた上で、GF本隊と共に決戦に臨むべきだと考えます」

山口は無線電話を通じ、諭《さと》すような口調で意見を述べた。

角田としては、艦上機による攻撃を敢行《かんこう》し、三隻の敵空母か残存する巡洋戦艦を仕留《しと》めたい気持ちはあったが、岡田や山口の意見を容《い》れ、敵機動部隊への攻撃を断念したのだ。

この日の戦いで、第四艦隊は対空戦闘しかできなかった。

敵機に対する邀撃も、敵機動部隊に対する反撃も、全て第八艦隊隷下の基地航空部隊と陸軍航空隊に任せきりになったのだ。

「八艦隊と五飛師には感謝しているが、『史上初の航空機のみによる戦艦の撃沈』を、基地航空隊に成し遂げられたのは残念だ」

角田は、本音《ほんね》を吐露《とろ》した。

できることなら、その記録は第四艦隊が立てたいと考えていたのだ。

「作戦目的は、新記録の樹立ではありません。敵艦隊の撃退に成功し、四艦隊の被害を抑《おさ》えられたのは、喜ぶべきことと考えますが」

「分かっている。だが今回の戦争は、航空主兵主義と大艦巨砲主義の戦いだ。戦艦に引導《いんどう》を渡すのであれば、自分の手でやりたかった」

角田の本来の専門は砲術だ。巨砲の威力を信じ、日々、研究と鍛錬《たんれん》に励んで来たのだ。

その自分が、機動部隊の長官に任じられた。

ならば、自らの手で戦艦に対する航空機の優位性を証明し、大艦巨砲主義に対する手向《たむ》けとしたかったのだ。

「長官のお気持ちは分かりますが、四艦隊の実力は、米太平洋艦隊の本隊を相手に発揮しましょう」

「そうだな。参謀長の言う通りだ」

岡田の言葉を受け、角田は頷いた。

(敵の撃滅を諦《あきら》めたわけではない。より大きな戦いに備え、小さな戦いを見送ったのだ)

角田は、そのように自分自身を納得させていた。

現在、第四艦隊はラウラウ湾に戻り、中断された補給作業を再開している。

各艦には給油が行われ、正規空母四隻、小型空母二隻には、航空機用燃料と爆弾、機銃弾が積み込まれている。

逸《はや》る気持ちを抑えつつ、角田は出港のときを待った。

第二章　「連合艦隊ハ健在ナリ」

1

「『赤城』に将旗《しょうき》を移したいとおっしゃるのですか⁉」

第二艦隊司令長官小沢治三郎《おざわじさぶろう》中将は、仰天《ぎょうてん》したような声を上げた。

パラオ諸島のマラカル港に停泊している連合艦隊旗艦「香椎《かしい》」の長官公室だ。

司令長官山本五十六《やまもといそろく》大将以下の主だった幕僚が、顔を揃《そろ》えている。

小沢が率いるトラック攻撃部隊――第一、第二、第三艦隊は、七月二二日、一旦パラオに帰還した。

七月一九日のトラック攻撃で、艦上機の燃料と爆弾、機銃弾を大量に消耗したことに加え、燃料に不安がある艦艇もあり、補給が必要と判断したのだ。

戦況を報告するため、「香椎」の連合艦隊司令部を訪れた小沢に、山本は思いがけないことを申し出たのだった。

「米太平洋艦隊との決戦が大詰《おおづ》めを迎えつつある現在、安全なパラオにこもっているつもりはない。ここまで来れば、最後の詰めは自分の手でやりたいのだ。といって、この『香椎』は速力が遅く、艦隊の動きに追随できない。開戦時の旗艦だった『赤城』に将旗を移すのが、最善と考える」

「いけません。危険過ぎます」

真っ向から反対意見を唱えたのは、第一艦隊司令長官三川軍一《みかわぐんいち》中将だった。

「七月一九日の夜戦で、我が軍は米新鋭戦艦の威力を思い知らされました。我が方は三対一と、戦艦の数では圧倒的な優位にありながら、『長門《ながと》』『陸奥《むつ》』を撃沈され、完敗を喫《きっ》したのです。来《きた》るべき米太平洋艦隊との決戦では、『赤城』が再びあの新鋭戦艦と対決する可能性があります。その『赤城』に、長官をお乗せするわけには参りません」

「東郷元帥《とうごうげんすい》（東郷平八郎《へいはちろう》。日露戦争時の連合艦隊司令

長官）は、『三笠《みかさ》』で陣頭指揮を執られたが」

「状況が違い過ぎます。『三笠』を始めとする当時の戦艦群は、ロシア海軍の戦艦と互角以上に戦える性能でしたが、米軍の新鋭戦艦は恐るべき強敵です。『赤城』は幸い生還しましたが、次はどうなるか分かりません。第一艦隊の指揮官としては、賛成できません」

（長官も、やはり武人《もののふ》なのだな）

航空参謀榊久平《さかききゅうへい》中佐は、山本と小沢、三川のやり取りを聞きながら、そんなことを思っている。

山本は軍政畑《ばたけ》を中心に海軍生活を送って来た人物だ。本来なら、連合艦隊司令長官よりも海軍大臣が相応《ふさわ》しい。

その山本も、「香椎」に入って来る前線の情報を聞いているうちに、武人の血が騒ぎ始めたのだろう。

自らの旗艦に「赤城」を指定したのは、同艦が開戦時の連合艦隊旗艦だったこと以上に、懐かしさが理由ではないか、と榊は推測している。

山本は大佐時代に、「赤城」の艦長を務めた経験があるためだ。

馴染《なじ》みのある戦艦に将旗を掲げ、最終決戦に臨みたいというのが、山本の希望であろう。

「『赤城』で陣頭指揮を執りたいという長官の御希望は、政治的な理由でしょうか？」

小沢が聞いた。

山本は、両目をしばたたいた。

答えるべきかどうか、迷っているようだったが、ややあってから言った。

「貴官の推察通りだ。井上《いのうえ》（井上成美《しげよし》中将。海軍次官）は、私に第二の東郷元帥になれと言って来た。対米講和の締結時に、国内から不満の声が上がった場合、東郷元帥に匹敵《ひってき》するほどの英雄であれば、説得できるはずだから、とな」

山本は、苦笑を浮かべている。自分の柄《がら》ではない、と言いたげだった。

「長官は連合艦隊の責任者です。『香椎』から指揮を執られても、英雄にはなれると考えます」

　小沢に続けて、三川が言った。

「長官にそのような役割がおありなら、なおのこと危険を冒すべきではありません。長官の御身《おんみ》に万一のことがあれば、国内の不満を抑えられる方がいなくなります」

　三川は、山本の隣に座っている参謀長大西滝治郎《おおにしたきじろう》中将を見つめている。

　長官の女房役として、無茶《むちゃ》な行動を抑えたらどうだ、と言いたげだった。

　無言の圧力に動かされたように、大西が言った。

「私も、一、二艦隊長官の御意見に賛成です。長官には、大事な役割がおありです。パラオに留まり、後方からの指揮に徹するべきです」

　続けて、小沢が言った。

「かの諸葛孔明《しょかつこうめい》は、合戦の場にあっては帷幕《いばく》で策を巡らせる役割に徹しており、自ら刀槍《とうそう》を振るって魏《ぎ》や呉《ご》の武将と渡り合ったりはしませんでした。陣頭指揮は、英雄の必要条件ではないと考えます」

「貴官は帝国海軍の孔明を志《こころざ》していると聞いていたが、その座を私に譲《ゆず》るつもりかね？」

　笑いながら聞いた山本に、小沢は応えた。

「長官は漢《かん》の劉邦《りゅうほう》であり、私は韓信《かんしん》といった役どころでしょう」

「自ら戦うのではなく、戦《いくさ》上手の部下を使いこなす役割に徹しろ、ということか」

　不満そうな表情を見せながらも、山本は頷いた。

「分かった。貴官が考える通りの戦《いくさ》をやってくれ。結果については、全てこの山本が責任を取る」

「感謝いたします」

　小沢は、恭《うやうや》しく頭を下げた。

「帝国海軍の韓信に、劉邦から伝える情報がある」

　山本は、榊に発言を促した。

　榊は起立し、はっきりした声で報告した。

「パラオからトラックに飛んだ索敵機の情報ですが、米太平洋艦隊主力は七月二一日現在、トラックに入泊しています。敵は戦艦四、巡洋艦六、駆逐艦三〇以上です。また、七月二〇日にサイパンを襲った敵機動部隊は、二二航戦、二三航戦と交戦した後、トラックに向かっているそうです。おそらく、太平洋艦隊本隊と合流するつもりでしょう」

「太平洋艦隊は、トラックに籠城する態勢を取っているということか？」

「敵の指揮官の意図については分かりかねます。はっきりしているのは、米太平洋艦隊がトラックから退《ひ》く様子を見せていない、ということだけです」

小沢の問いに、榊は事実だけを答えた。

太平洋艦隊司令長官ハズバンド・E・キンメル大将の意図までは分からない。

航空参謀としては、索敵情報から得られた事実を報告するのみだ。

「もう一つ、重要な情報があります。トラックとマーシャルの間に展開している我が軍潜水艦《せんすいかん》が、七月二一日、トラックに向かう米艦隊を発見しております」

榊に続けて、作戦参謀の三《み》和《わ》義勇《よしたけ》中佐が報告した。

「米軍は、トラックを死守するつもりでしょうな」

「間違いあるまい」

小沢の推測に、山本は頷いた。

「キンメルの意志というより、本国からトラック死守の厳命を受けているのかもしれぬ。米軍は、緒戦では奇襲によってマーシャル、トラックを攻略したものの、その後は後退する一方だ。フィリピン、グアムを失陥《しっかん》し、安全と考えられていたクェゼリンまでが攻撃を受けた。これ以上の後退は、本国が許すまい。キンメル自身にしても、トラックを守り通さねば、米海軍軍人としての面目《めんぼく》が立たぬだろう」

トラック攻撃部隊が補給のため、トラック近海から離れたとき、連合艦隊司令部では、

「米太平洋艦隊は、トラック攻撃部隊がパラオに戻っている間に撤退するのではないか」

との説が囁《ささや》かれていた。

日本軍は、七月一六日にクェゼリンを、七月一九日にトラックをそれぞれ叩き、トラック周辺の制空権を奪取した。

米軍は状況不利と見て、一時トラックを放棄し、戦力を再編した上で、改めて決戦を挑んで来るのではないか、と考えられたのだ。

そうなることを誰よりも恐れていたのは、山本だ。日本軍の作戦目的は、「米太平洋艦隊に大打撃を与え、長期に亘って来寇《らいこう》不能とすること」だ。

米太平洋艦隊に逃げられてしまっては、目的の達成は不可能になる。

だが、米太平洋艦隊に撤退する様子はない。

キンメルは、トラックを決戦の場と定めたのだ。

山本も、小沢も、どこか安心したような表情を浮かべていた。

「機動部隊はどうだ？　一九日のトラック攻撃で、戦力を消耗したのではないか？」

山本の案ずるような問いに、小沢は自信ありげな口調で答えた。

「『土佐《とさ》』と『海龍《かいりゅう》』を戦列から失ったのは痛手《いたで》ですが、空母は二、三艦隊を合わせて九隻が健在です。艦上機も充分な数を残しておりますし、角田の四艦隊も合流して来ます。各艦の乗員も、艦上機の搭乗員も、意気軒昂《いきけんこう》です」

山本は、大きく頷いた。全幅の信頼を置いている表情だった。

「楽な戦いではないが、敵もまた苦しいはずだ。全将兵の健闘を祈っている」

2

「我が帝国海軍が、早い段階で航空主兵に切り替えたのは正解だった」

海軍大臣吉田善吾《よしだぜんご》大将は、大臣室を訪れた海軍次官井上成美中将に言った。

東京《とうきょう》・霞ヶ関《かすみがせき》の海軍省は、退庁時刻をとうに過ぎているが、職員の半数以上が居残っている。

多くの窓から灯火が漏れる様は、海軍省全体が赤《あか》煉瓦《れんが》製の不夜城《ふやじょう》と化したようだ。

井上は、軍令部経由で届けられた前線からの報告電を間に挟《はさ》んで、吉田と向き合っていた。

「機動部隊と基地航空隊は、見事な戦果を上げている。第四艦隊などは、クェゼリンの敵飛行場を破壊してトラックを孤立《こりつ》させただけではない。輸送船多数を撃沈し、敵の地上部隊に大損害を与えている。期待以上の働きだ」

「角田と山口を組ませたのは、人事の妙《みょう》でした」

井上も、満足感を覚えている。

角田四艦隊長官は帝国海軍でも随一の猛将であり、山口六航戦司令官は航空戦の専門家であると同時に、将来の連合艦隊司令長官と目《もく》されている逸材《いつざい》だ。

その二人が組んだ以上、クェゼリン攻撃は間違いなく成功すると信じていた。

実際には、第四艦隊が上げた戦果は、クェゼリンの敵飛行場壊滅《かいめつ》だけではない。

大和田《おおわだ》の海軍通信所が受信した第四艦隊の報告電には、「敵輸送船ノ撃沈一七隻、撃破二六隻」とある。

海軍では、輸送船などは弱敵《じゃくてき》と見なして軽視し、戦艦、空母といった大物を優先して叩こうとする傾向がある。

だが輸送船の撃沈は、敵の侵攻阻止、あるいは敵の重要拠点の弱体化に直結するため、戦略的には重要と言っていい。

第四艦隊のクェゼリン攻撃は、それほど大きな戦果を上げたのだ。

七月一九日に実施された、トラック環礁に対する航空攻撃も、四艦隊に劣らぬ戦果を上げた。

第二、第三艦隊の艦上機による攻撃と、パラオ、マリアナの陸攻隊による攻撃は、トラック環礁にあった米軍の飛行場五箇所を全て使用不能に陥れ、日本軍はトラックの制空権を手中に収めた。

七月二〇日には、米軍の機動部隊が、サイパンに入泊した第四艦隊を狙って来たが、同地の基地航空部隊が陸軍航空隊と協力し、撃退している。

七月一九日に生起した夜戦では、日本側が一敗地《いっぱいち》にまみれたものの、全般的には、日本軍が優勢に戦いを進めていた。

「気がかりなのは、現在の状況が陸海軍の強硬派を勢いづかせていることです」

井上は、あらたまった口調で言った。

クェゼリン、トラックへの攻撃成功に伴い、軍令部や参謀本部に、戦果の更なる拡大を主張する声が上がっている。

トラックだけではなく、マーシャル諸島まで進撃し、開戦後に奪われた拠点を全て奪回しよう、というものだ。

南洋諸島全てを自力で取り戻せば、日本はより有利な立場で米国との交渉に臨める。

日本が妥協《だきょう》する必要は一切ない、というのが彼らの考えだが――。

「随分《ずいぶん》と先走るものだ。米太平洋艦隊との決戦は、これからだというのに」

吉田は苦笑した。

「クェゼリン、トラックに対する攻撃の成功で、我が軍の勝利を既に確信している者が少なくありません。私のところにも今日の昼過ぎに、軍務局の若手局員や軍令部の威勢《いせい》のいい参謀が、戦果の拡大を訴えに来ました」

「嶋田《しまだ》（嶋田繁太郎《しげたろう》大将。軍令部総長）も、若い連中から突き上げを喰らっているそうだ。勢いに乗って、トラック、マーシャルを奪い返すべきだ、と」

「総長は何と？」

「焦《あせ》るな、と言い聞かせたそうだ。『戦いの帰趨《きすう》は最後まで分からない。落ち着いて、前線部隊からの報告を待て』と」

「総長の立場上、それ以上のことはおっしゃりようがないでしょうな」

井上は頷いた。

嶋田は勤勉で事務処理に長《た》けた官僚型の軍人だが、保守的で、平地に波瀾《はらん》を起こすことを好まない。

自らの責任で、戦争の拡大と長期化を招くような事態を引き起こしたくはないであろう。

「嶋田には、私から伝えておいた。『総長の任を大《たい》過《か》なく終えたいのであれば、強硬派の動きを抑え込め』と」

吉田は微笑《びしょう》した。

吉田と嶋田は、山本五十六連合艦隊司令長官と同じく、江田島《えたじま》の同期生同士だ。

付き合いが長いだけに、嶋田の性格についてもよく知っている。

このように釘を刺しておけば、嶋田は責任を持って強硬派の動きを抑えるはずだ、と考えたのかもしれない。

「海軍省内部の動きについては、貴官をあてにしている」

吉田は、微笑を浮かべたまま言った。

「貴官は、音《おと》に聞こえた硬骨漢《こうこつかん》だ。下からの突き上げに動じない胆力《たんりょく》もある。貴官が次官を務めている限り、強硬派もおかしな真似《まね》はできまいと睨《にら》んでいるのだが」

「最善を尽くします」

井上は、力を込めて頷いた。

海軍大臣には、首相、陸相《りくしょう》ら他の閣僚との会談や軍令部との意見調整等、仕事が山積《さんせき》している。

下からの突き上げがあれば、手前で食い止め、ただでさえ多忙な大臣を余計なことで煩《わずら》わせぬようにするのも、次官の重要な仕事だ。

場合によっては、過激派による暗殺という最悪の事態も起こるかもしれない。

だが井上は、二年前の開戦時、トラック環礁で命を捨てるはずだった身だ。

トラック陥落後は、第四艦隊の司令長官として腕を振るったものの、「部下を見殺《しゅうし》しにして、逃げ出した長官」という汚名《おめい》は、終始ついて回った。

そのような自分を、吉田海相《かいしょう》は、自らの片腕として迎えてくれたのだ。

トラックで、自分に脱出を強く勧めてくれた第四根拠地隊司令官茂泉慎一《もいずみしんいち》中将のためにも、海相の恩義《おんぎ》に報いるためにも、海軍次官の仕事に全力を上げ、日米間の講和を実現させる。

戦争の終結を見るまでは死にたくないが、非命《ひめい》に斃《たお》れるのであれば是非もない、と井上は腹をくくっていた。

「気がかりなのは、勝敗の行方だ」

吉田は、肝心なことを口にした。

「今のところ、GFは米太平洋艦隊に対して、優勢に戦いを進めているが、最後まで何が起こるか分からないのが戦争だ。軍内部の強硬派の動きを抑え込むにしても、対米交渉を有利に運ぶにしても、勝たなければ意味がない」

「トラックの制空権を握った以上は勝てる。私は、そのように考えておりますが」

「その過程で、機動部隊も基地航空隊も、消耗を強いられたのではないかね？　米太平洋艦隊を打ち破れるだけの戦力が残っているだろうか？」

「パラオのGF司令部から『作戦失敗』の報告が届いていない以上、まだ充分な戦力を残していると考えますが……」

井上は言葉を濁《にご》した。

実際のところ、確たることは言えない。

過去の海戦で、帝国海軍は何隻もの米戦艦を沈めて来たが、それは航空機の力があってこそだ。

艦上機の消耗が激しければ、米太平洋艦隊を叩くことはできない。

航空兵力が不充分な状態で、米太平洋艦隊との水上砲戦にもつれ込むようなことになれば――。

(そうなったら、我が軍は確実に負ける)

井上は、不吉な未来像を思い浮かべた。

七月一九日の夜戦で、帝国海軍は完敗を喫した。

日本海軍は三隻を擁していた四〇センチ砲搭載戦

艦のうち二隻を米軍の新鋭戦艦に撃沈され、残るは「赤城」一隻だけとなったのだ。

他の戦艦は、三五・六センチ砲を主砲とする旧式戦艦であり、「長門」「陸奥」より劣る。

帝国海軍は、米軍の新鋭戦艦に、水上砲戦では絶対に勝てない状況に追い込まれたのだ。

航空機であれば、米新鋭戦艦を撃沈乃至無力化できる可能性はあるが、機動部隊、基地航空隊共に、残存する航空兵力は不明だ。

トラックの制空権を確保したからといって、日本側が有利になったとは断言できなかった。

沈黙した井上に、吉田が声をかけようとしたとき、大臣室の電話が鳴った。

吉田が受話器を取り、「そうか、よし」と力のこもった声で返答した。

電話を切った吉田は、どこか安心したような顔を井上に向けた。

「たった今、パラオのGF司令部から報告電が入った。『連合艦隊ハ健在ナリ』とのみ、伝えて来たそうだ」

3

「期待通り、いや期待を遥かに上回る大戦果だ。『オレゴン』は、紛《まぎ》れもない世界最強の戦艦だ」

海軍長官フランク・ノックスは、満面に笑みを浮かべて言った。

現地時間の七月一九日夜、トラック環礁の西方海上で行われた水上砲戦の結果は、既に海軍省と作戦本部に報されている。

戦闘の中心となった新鋭戦艦「オレゴン」は、日本海軍最強の戦艦「赤城《アカギ》」「長門《ナガト》」「陸奥《ムツ》」をただ一隻で相手取り、「ナガト」「ムツ」を撃沈、「アカギ」を退却に追い込んだという。

「オレゴン」の新しい射撃管制システム、五〇口径四〇センチ砲一四門の火力、分厚《ぶあつ》い装甲鈑《そうこうばん》が、日本艦隊を圧倒したのだ。

合衆国海軍は大艦巨砲主義を採用し、コロラド級、サウス・ダコタ級、レキシントン級、アラバマ級と、強力な四〇センチ砲戦艦を建造し続けて来た。

その流れの中で、世界最強の戦艦「オレゴン」が誕生し、新たな合衆国海軍の主力となったのだ。

「オレゴン」こそは全ての合衆国戦艦、いや世界の全戦艦の頂点に君臨《くんりん》する王《キング》と言える。

合衆国海軍が新たな力を手に入れたことを、ノックスは心から喜んでいる様子だった。

「『オレゴン』が最強の戦艦であることは、間違いありません。『ナガト』『ムツ』に圧勝したのは、当然の結果です」

海軍次官ジェームズ・フォレスタルは、落ち着いた口調で言った。

ノックスは顔をしかめた。

フォレスタルが言わんとしていることが、喜びに水を差すものであることは、既に予想がついているのだ。

だがフォレスタルとしても、言わないわけにはいかなかった。

「『オレゴン』は、まだ航空機と戦ったことがありません。あの艦が、リンガエン湾海戦（ルソン沖海戦の米側公称）におけるサウス・ダコタ級戦艦と同様の状況に置かれたとき、生還できるかどうかは分かりません」

「『オレゴン』は、充分な数の対空火器を装備している。空襲に際しては、充分な数の巡洋艦、駆逐艦で周囲を守る態勢も取る。ジャップの航空機など、近寄らせるものではないさ」

「先の海戦で、『オレゴン』の対空火器は多数を破壊されたのではありませんか？　主要防御区画の装甲鈑はともかく、一二・七センチ両用砲や四〇ミリ機銃には、四〇センチ砲弾の直撃に耐えられるほどの防御力はありません」

海戦終了後、太平洋艦隊が「オレゴン」をトラックに入泊させ、対空兵装の修理にかかっていることは、フォレスタルも知っている。

だが、対空火器だけでは空襲を凌げないことは、過去の戦訓から分かっている。

トラックの飛行場が全て使用不能となっている現在、「オレゴン」を含めた太平洋艦隊の主力は、危険な状況下に置かれていると考えざるを得ない。

「現在トラックでは、飛行場の復旧作業が急ピッチで進められている。TF23も、間もなく太平洋艦隊本隊に合流する。トラックに残存する戦闘機隊と、エセックス級の艦上機を合わせれば、太平洋艦隊の頭上は充分守れるとのことだ」

「前線からの報告では、敵空母五隻程度を撃破したとのことですが、日本軍にはなお一〇隻以上の空母が健在です。トラックの戦闘機隊とTF23の艦上機だけでは、対抗は難しいと考えますが」

「貴官は航空主兵思想を信奉している割には、肝心なことを忘れているようだ」

ノックスは小さく笑って、先を続けた。

「日本艦隊は確かに多数の空母を擁しているが、七月一六日のクェゼリン攻撃と七月一九日のトラック攻撃で、相当数の艦上機を消耗した。太平洋艦隊司令部では、敵艦上機約九〇〇機のうち、五〇〇機程度を撃墜したと見積もっている。残存四〇〇機なら、防ぐことは可能なはずだ。艦上機のない空母など、弾切れの戦艦と同じだからな」

「戦果には誤認が付きものです。撃墜五〇〇機というのは、過大報告では？」

「ジャップの機動部隊は七月一九日以降、トラック近海に姿を見せていない。トラックには、マリアナ、パラオから散発的な空襲がかけられる程度だ。彼らも艦上機の消耗が激しく、太平洋艦隊と戦える状態ではないのかもしれぬ」

これには、フォレスタルも沈黙せざるを得ない。

今日は、合衆国東部時間では七月二二日、トラックの現地時間では七月二三日だ。

日本艦隊はトラック近海から姿を消しており、再攻撃をかけて来る様子がない。

クェゼリンを襲った日本艦隊も、七月二〇日にサイパンに一旦入泊したものの、翌七月二一日には姿を消している。

ノックスの言う通り、日本艦隊が艦上機を消耗し、攻撃力を失ったのであれば、太平洋艦隊はトラックを持ち堪えたことになるが——。

「日本艦隊が姿を消しているのは、補給のためではないでしょうか？　太平洋艦隊司令部からの報告によれば、日本軍はトラックの我が軍飛行場に対し、攻撃を反復しています。彼らが航空機用燃料や弾薬を補給するため、一時的に後方に下がった可能性が考えられます」

「前線に近い拠点で補給できるのは、燃料、弾薬だけだ。消耗した艦上機やクルーの補充までは望めない。日本軍が残存兵力を結集し、太平洋艦隊に挑んで来たとしても、撃退は可能だろう」

「自分の推測が的外《まとはず》れであることを、私は願っております。ただ……航空兵力では日本軍が依然《いぜん》優勢であることを考えれば、決して楽観はできません」

「前線から遠く離れたワシントンでは、如何《いかん》ともし難《がた》い。私としては、キンメルが手持ち兵力を最大限有効に活かし、勝ってくれるよう祈る以外にない。いや、是が非でも勝って貰《もら》わねばならぬ。合衆国のためにも、海軍のためにも」

「海軍のためにも」の一言に、特に力が込められているように感じられた。

(最悪の事態になった場合、海軍の立場がありませんからな)

喉元《のどもと》まで出かかった言葉を、フォレスタルは呑み込んだ。

七月一六日の日本艦隊によるクェゼリン空襲は、合衆国海軍史上でも稀《まれ》に見る失態となった。

現地部隊は、日本艦隊による奇襲を許してしまい、クェゼリンの飛行場を壊滅させられただけではない。

同地に入泊していた第三一任務部隊《TF31》の輸送艦を攻撃され、第五水陸両用軍団の将兵が多数犠牲となったのだ。

輸送艦の被害は、沈没一七隻、被弾及び延焼による損傷三一隻。

乗艦していた将兵八万五〇〇〇名のうち、戦死者・行方不明者は二万三二六九名、負傷者は三万九六二〇名と報告されている。

八万五〇〇〇の兵力のうち、六万名以上が死傷したのでは、第五水陸両用軍団は、組織的な戦闘は不可能だ。

合衆国軍は、太平洋艦隊が決戦に勝利した暁《あかつき》には、一挙にマリアナ諸島を攻略する計画を立てていたが、そのために不可欠の地上部隊が、クェゼリンで失われたのだ。

この事実は、フランクリン・デラノ・ルーズベルト大統領と統合参謀本部には報告されたが、まだ公表はされていない。

六万以上の兵力が無為に失われたとなれば、世間の非難は政府と軍――特に、クェゼリンへの奇襲を許した海軍に集中することは目に見えている。

また、来年には四年に一度の大統領選挙が控えている。

合衆国史上、初の四選を目指しているルーズベルトだが、クェゼリンにおける被害は、対立候補に格好の攻撃材料を与えることになりかねない。

このため、クェゼリンにおける被害の公表は、太平洋艦隊が日本艦隊を打ち破り、決定的な勝利を収めるまで待つと決定されたのだ。

万一、太平洋艦隊が敗れるようなことがあれば、海軍が立場を失うだけではなく、大統領の進退問題にまで発展しかねない。

「クェゼリンの惨劇《トラジェディ・オブ・クェゼリン》」と呼ばれる七月一六日の被害は、合衆国海軍のみならず、大統領までも追い詰めていたのだ。

（合衆国の未来のためには、大統領に退陣して貰っ

た方がよいのかもしれぬ）

口には到底《とうてい》出せないことを、フォレスタルは考えている。

大艦巨砲主義に傾倒し、空母と航空機を軽視して来たのは海軍行政の失敗だが、大統領にもそれを容認して来た責任がある。

新鋭戦艦の第一段であるアラバマ級、それに続くオレゴン級の建造は、ルーズベルト政権の下で進められ、大統領も新鋭戦艦の竣工を歓迎していた。

戦艦の建造が優先され、空母や艦上機の拡充が遅れた責任の一端は、ルーズベルトにあるのだ。

来年以降もルーズベルト政権が続けば、戦艦偏《へん》重《ちょう》の軍備は、大統領の任期切れまで改められることはない。

ルーズベルト大統領が退陣するか、来年の大統領選挙で敗北すれば、合衆国海軍が新時代に向けて脱皮できるかもしれない。

より近代的な海軍に生まれ変わる方が、合衆国全体の未来に大きな貢献ができるはずだ。

そのためには――。

「何を考えている？」

ノックスが、訝《いぶか》しげな声をかけた。

黙《だま》りこくってしまったフォレスタルを見て、不審を覚えたようだ。

「海軍行政、特に建艦計画について、少し考えを巡らしておりました。対日戦争に勝利を得た後、合衆国海軍の軍備はどうあるべきだろうか、と」

フォレスタルは、当たり障《さわ》りのない答を返した。

嘘《うそ》を言ったつもりはない。新時代の海軍軍備について考えていたのは事実だからだ。

「これまでとは、大きく変わらざるを得ないだろうな」

ノックスは、少し考えてから言った。

「戦艦は依然海軍の主力であり続けるだろうが、空母や航空機の拡充が不可欠であることは、対日戦争の戦訓からはっきりした。オレゴン級を上回るような戦艦が他国にない以上、オレゴン級の建造は二隻で打ち止めとなり、エセックス級空母の大量建造と航空兵力の拡充に力を入れるはずだ。――が、その前に、日本との決戦に勝たねばならぬ。海軍が立場を失えば、艦の新造も、艦上機の量産も望めぬのだからな」

4

駐英日本大使吉田茂《よしだしげる》は、ロンドン・ダウニング街の大英帝国首相官邸で、ウィンストン・チャーチル首相と向かい合っていた。

「戦況については、東京《トーキョー》、ワシントンにある我が国の大使館から、情報が届いている」

吉田が勧めに従ってソファに腰を下ろすと、チャーチルはおもむろに言った。

「お元気そうですな」といった類《たぐ》いの挨拶《あいさつ》はない。

重要なのは実務に関連した話だけだ、との態度が露《あら》わになっていた。

「戦いは日本が優勢だが、アメリカ太平洋艦隊の主力は健在であり、勝敗の行方は混沌《カオス》の中にある、とのことだが」

「おっしゃる通りです」

吉田は頷いた。

「戦闘は、我が軍が圧倒しています。貴国は間もなく、対馬《つしま》沖海戦の再現を見ることになりましょう」

と言いたいところだが、英国の情報収集力は極めて高く、強がりを言っても見破られるだけだ。

事実を正直に話した方が、チャーチルの信用を得られるはずだ。

「私が大使館付海軍武官から受けた報告では、空では我が軍が優勢、海ではアメリカ軍が優勢とのことです。特に、アメリカが戦線に投入した新鋭戦艦の威力は凄まじく、我が国が世界に誇ってきた二隻の戦艦『長門《ナガト》』『陸奥《ムツ》』が子供扱いされてしまったとか」

「『ナガト』と『ムツ』が……ふむ」

　チャーチルは、しばし考え込むような表情になった。

「『長門』「陸奥」「赤城」の三艦は、英国の四〇センチ砲搭載戦艦ネルソン級と比較されることが多く、互いにライバルと目して来た艦だ。

　ネルソン級が戦っても、「長門」「陸奥」と同様の結果になるだろう、と思った様子だった。

「貴国の考えを、改めて確認しておきたいが――」

　ゆっくりとした口調で、チャーチルは言った。

「貴国は七月一六日のクェゼリン攻撃を皮切りに、中部太平洋で攻勢に出た。この一戦で、アメリカ太平洋艦隊に大打撃を与え、当分の間来寇不能とした上で、講和を持ちかけようと考えている。この方針でよろしいかな？」

「間違いありません」

「日露戦争《ルッソ・ジャパニーズ・ウォー》におけるツシマ沖海戦と同様の役割を、今回の決戦に求めていると？」

「おっしゃる通りです。対馬沖におけるロシア・バルチック艦隊の壊滅が、最終的に勝敗を決定しましたから」

「しかし、戦闘の結果がどちらに転ぶかは分からない。ツシマ沖海戦は最初の一日、残敵掃討《そうとう》まで含めても二日で決着がついたが、中部太平洋における戦いは、一週間経っても決着が付く様子がない」

「本国からは、補給と部隊の集結を待ち、改めてアメリカ軍に決戦を挑むつもりだ、と伝えて来ております」

　吉田は額《ひたい》の汗を拭《ぬぐ》った。

　実のところ、吉田としても、本国からの報告には一喜一憂《いっきいちゆう》している状態だ。

　大使館付海軍武官の近藤泰一郎《こんどうたいいちろう》大佐は、

「トラックの敵飛行場は全て叩き、同地の制空権を握りました」

「サイパン沖で生起した海戦には、我が軍が勝利を収めました。米軍は大損害を受け、退却中です」

といった情報を伝えてくれるものの、戦況の全体像が見えない。

そもそも、近藤に伝えられる本国からの情報も、どこまで正しいのか分からない。

日本本土から遠く離れた英国では、正確な情報の把握が難しいのだ。

大使の立場としては、もどかしいことこの上なかった。

「我が大英帝国の立場をお伝えしよう、ミスター・ヨシダ」

吉田の緊張をほぐそうとしてか、チャーチルは柔らかな口調で言った。

「中部太平洋における戦闘の決着如何に関わらず、我が国はフランスと共同歩調を取り、貴国とアメリカの調停役を務めたいと考えている。この点については、フランス政府の意志を確認済みだ」

「感謝いたします、首相閣下」

吉田は、深々と頭を下げた。

これまで吉田は、駐英米国大使のジョン・ワイナントと直接接触し、講和のための条件について話し合ったが、双方共に妥協点を見出せることはほとんどなかった。

会談は物別れに終わり、米国政府を交渉の場に引っ張り出すことすらできないという状態が続いて来たのだ。

英国以外に、フランス、イタリアでも大使、あるいは公使が米国の代表と接触したが、結果は英国における交渉と同様であり、和平に向けての道筋をつけることはできなかった。

だが、英仏両国が本格的に乗り出せば、状況は変わって来るのではないか。

「問題は、貴国が勝利し得るか否かだ。勝ったとしても、結果次第《しだい》では、アメリカは和平交渉の席に着かぬだろうし、仮に着いたとしても、貴国にとって不利な条件を突きつけて来ると推測される」

「講和条件が厳しいものになるであろうことは、我が国政府も覚悟しております」

「我が国としては、盟邦《めいほう》のためにできるだけ力になりたいと考えているが、調停役には厳正中立の立場が求められる。講和会議の席上で、我が国が貴国の側に立つ姿勢を見せれば、アメリカは即座に席を立つだろう。和平交渉が始まれば、我が国が貴国のためにできることはあまりない。以後は、両国代表の交渉力の勝負となる」

「確かに……。貴国やフランスが中立の立場を取らねば、アメリカが交渉に応じることもないでしょうから」

吉田は、米国のポーツマスで開かれた日露講和会議のことを思い出している。

日露戦争では、米国は一貫して日本寄り中立の立場を取り、同国の投資家も、相当額の日本国債を引き受けてくれた。

だが、講和会議で調停に当たった当時の米大統領セオドア・ルーズベルトは、極力中立・公平の態度を取っていたと伝えられる。

会議の結果は、日本にとって不満足なものとなり、不満を抱いた国民が暴動を起こすという事件までが起きたが、仮に米国が日本の味方をするようなことがあれば、会議は決裂していたかもしれない。

その意味では、ルーズベルトの姿勢は正しかったし、「英国は厳正中立の立場を取る」というチャーチルの言葉も正しいと言える。

(英国は、盟邦に尽くしてくれるわけではない。和平の実現を、最優先に考えている。そのためには、中立の立場を取り、敢《あ》えて我が国を突き放すことも必要というわけだ)

吉田は、自身に言い聞かせた。

「これは、ワシントンにいる我が国の大使が報せて来たのだが――」

チャーチルは、少し考えてから言った。

この内容を話していいものだろうか、と迷ったように見えた。

「アメリカ政府は、貴国の占領まで考えている」

「占領⁉」

吉田は、相手が盟邦の首相であることを一瞬忘れ、頓狂《とんきょう》な声を上げた。

「アメリカは講和条約の中で、貴国に大幅な軍備の削減を要求するつもりだ。軍縮については、アメリカ軍を中心とした国際的な監視委員会を組織し、彼らの主導の下で実施される。事実上の占領だ」

「そのような条件を、我が国の政府も、軍も、呑むわけがありません。万一政府が受諾《じゅだく》すれば、軍が反乱を起こしかねません」

まるで、大坂城《おおさかじょう》の堀の埋め立てだ――戦国時代最末期の故事《こじ》を、吉田は思い出している。

大坂冬の陣で、豊臣《とよとみ》方に講和を持ちかけた徳川《とくがわ》方は、「城の外堀のみを埋める」との約束を破り、全ての堀を埋め、大坂城を裸《はだか》にしてしまう。

その後、豊臣家が辿《たど》った運命は、よく知られている通りだ。

米国は、日本を滅亡させるつもりか。世界から、日本という国家を消滅させようと考えているのか――そのような考えは、被害妄想とは言い切れなかった。

「貴国が中部太平洋での決戦に敗れた場合、アメリカは間違いなく、その条件を突きつけて来る」

チャーチルは、気休めを口にするつもりはないようだった。

考えられる限りの最悪の事実を知らせる方が、盟邦のためになる、と考えているのかもしれない。

「かの国は、太平洋の覇者《はしゃ》になりたいのだ。太平洋における最大最強の軍事力を持ち、いかなる敵であっても力でねじ伏せられる国家に。それを実現するためには、貴国の存在が邪魔《じゃま》であり、貴国を二度とアメリカに反抗できない国にしたい。それが、アメリカの目論見だと考えてよいだろう」

吉田は、しばし言葉を失っている。

東京湾に入港して来る米軍の艦艇。主だった飛行場に降りて来る米軍の航空機。ドッガーバンクに沈められたドイツ大海《たいかい》艦隊と同じように、太平洋に自沈させられる連合艦隊の諸艦艇。徹底的に破壊される陸海軍の軍用機。東京や大阪《おおさか》や名古屋《なごや》を我が物顔で闊歩《かっぽ》する米軍兵士。

米国に占領されたら、それらの光景は現実のものとなる。

先の世界大戦で敗北したドイツを上回る屈辱《くつじょく》だ。現実になれば、日本国民は精神的に打ちのめされ、二度と立ち上がれなくなるかもしれない。

「我が国としては、貴国が占領だけは免《まぬか》れるよう、アメリカの説得を試みるつもりだ」

これが本題だ——チャーチルの言葉からは、その意が感じられた。

「だが、アメリカが好機《こうき》を逃すとは考え難い。説得は、極めて難しい。そうならないためにも、貴国がアメリカとの決戦に勝利を得るよう祈っている。四一年前、貴国の潜在力に気づき、貴国を盟邦に選んだ立場として」

第三章　死闘トラック沖

1

「当隊の現在位置、水曜島《すいようとう》よりの方位二七〇度、一五〇浬」

「うむ」

航海参謀末國正雄《すえくにまさお》中佐の報告を受け、第二艦隊司令長官小沢治三郎中将は頷いた。

日時は、七月二四日の四時五五分（現地時間五時五五分）。

水平線からは、曙光《しょこう》が差し込んでいる。

「敵艦隊出現の兆候はないな？」

「索敵機、各艦の電測室共に、報告はありません」

「サイパン沖海戦のようなことは御免《ごめん》だからな」

参謀長加来止男《かくとめお》少将の答を聞いて、小沢は微笑した。

昨年四月のサイパン沖海戦で、第三艦隊がレキシントン級巡洋戦艦の夜襲を受けたことは、まだ記憶に新しい。

そのときに追い詰められたのが、現在の第二艦隊旗艦「加賀《かが》」と姉妹艦の「土佐」だ。

加賀型空母は、レキシントン級巡戦よりも劣速であるため、敵の追跡を振り切ることができず、もう少しで四〇センチ砲弾を喰らいそうになったのだ。

当時の第四艦隊第二部隊――高速戦艦「赤城」を中心とした砲戦部隊と、サイパンから飛来した天弓隊の救援がなければ、帝国海軍は最も有力な空母二隻を、砲戦で撃沈されるところだった。

小沢が神経を尖らせているのは、五日前に「長門」「陸奥」を撃沈した米軍の新鋭戦艦だ。

あの新鋭戦艦が機動部隊に肉薄して来たら、と想像すると、背筋に冷たいものを感じないではいられなかった。

「当面の問題は、トラックの敵航空部隊です。この五日間で、トラックの敵飛行場はある程度修復が進められたことがはっきりしています」

航空甲参謀淵田美津雄《ふちだみつお》中佐が発言した。

トラック攻撃部隊がパラオで補給を受けている間、トラックの敵飛行場に対しては、マリアナ、パラオの陸攻隊が長距離爆撃を敢行し、飛行場の復旧作業を妨害している。

基地航空隊の報告によれば、一昨日——七月二二日、パラオよりトラックに向かった第七〇五航空隊の一式陸攻四二機が敵戦闘機の迎撃を受け、半数以上に当たる二三機を撃墜されたという。

米軍の設営部隊は機械化が進んでおり、能力が極めて高い。

その実力は、グアム島を巡る一連の攻防戦で、日本も目《ま》の当たりにしている。

彼らはトラック環礁でも実力を発揮し、戦闘機の離着陸が可能なところまで、飛行場を復旧したと推測された。

「飛行場が復旧しても、使用可能な機数はそれほど多くないでしょう。太平洋艦隊が使用可能なのは、七月一九日の攻撃が終わった時点で、飛行場の周囲に秘匿《ひとく》されていた機体だけだと考えられます」

首席参謀高田利種《たかだとしたね》大佐が言った。敵の残存航空機など、恐れるに足りない——と言いたげだった。

「七〇五空を迎撃したのは、空母機という可能性もあります」

航空乙参謀の橋口喬《はしぐちたかし》少佐が発言した。

七月二〇日、サイパン島に来襲した米艦隊は、第八艦隊隷下の基地航空部隊が撃退し、空母二隻の撃破を報告したが、米空母はまだ一隻残っている。

残存する空母の艦戦隊が、トラックの防空戦闘に協力しているのでは、と橋口は推測を述べた。

「索敵機の報告を待とう。攻撃は五日前と同じ手順で行くが、その前に、敵の所在と陣容を把握しておきたい」

小沢は、幕僚たちに言った。

トラック攻撃部隊は、未明に索敵機をトラック環礁の周辺に放っている。

米太平洋艦隊がトラックの死守を図るのであれば、必ず索敵網にかかるはずだ。

六時一九分（現地時間七時一九分）、

「索敵機より受信！」

通信室に詰めている通信参謀中島親孝《なかじまちかたか》少佐が、興奮した声で報告を上げた。

「『敵艦隊見ユ。位置、〈春島《ハルシマ》〉ヨリノ方位三三〇度、四〇浬。敵ハ戦艦四、巡洋艦三、駆逐艦多数。戦艦ハ新式ヲ含ム。〇五五七《マルゴゴナナ》（現地時間六時五七分）』。『蒼龍《そうりゅう》』一号機からの報告です」

「参謀長、敵の主力に間違いありません！」

高田が興奮した口調で言い、加来も頷いた。

「私も、首席参謀と同意見です。戦艦のうち一隻は、『長門』と『陸奥』を沈めた艦だと推測します」

「敵艦隊が、『蒼龍』一号機が発見した目標だけとは限らない。敵は、複数の艦隊に分かれている可能性が考えられる。直衛機の存在も気がかりだ」

焦るな――その意を込め、小沢は言った。

新たな報告は、六時三〇分から七時にかけて入電した。

「『飛龍《ひりゅう》』二号機より受信。『敵艦隊見ユ。位置、〈春島〉ヨリノ方位〇度、五〇浬。敵ハ戦艦二、空母一、巡洋艦五、駆逐艦一〇以上。〇六三六《マルロクサンロク》』」

「『黒龍《こくりゅう》』一号機より受信。『敵艦隊見ユ。位置、〈春島〉ヨリノ方位三〇度、四〇浬。敵ハ戦艦四、巡洋艦六、駆逐艦多数。〇六四八《マルロクヨンハチ》』」

「合計すると、戦艦一〇隻ですか」

加来が唸り声を発した。

一連の戦いで多数の戦艦を失いながら、なおこれだけの戦艦を繰り出せるとは、と言いたげだった。

「『黒龍』機が発見したのは、クェゼリンにいた旧式戦艦部隊かもしれぬ」

小沢は言った。

七月二一日、味方の潜水艦が、マーシャルからトラックに向かう米艦隊を発見している。

「黒龍」一号機が発見したのは、その艦隊だろう、と小沢は推測していた。

「全部隊に通達。『〈蒼龍〉一号機ガ発見セル目標ヲ〈イ〉、〈飛龍〉二号機ガ発見セル目標ヲ〈ロ〉、〈黒龍〉一号機ガ発見セル目標ヲ〈ハ〉ト呼称ス』」

「第一次攻撃隊、発進せよ。飛行目標は〈ロ〉」

小沢は、威儀《いぎ》を正して下令した。

第一次攻撃隊は戦闘機と誘導機のみで編成し、敵の直衛機を掃討する。

第二次以降の攻撃隊では、戦爆連合を繰り出し、米太平洋艦隊の主力を叩くのだ。

第二、第三艦隊合計九隻の空母の甲板上で、既に準備を整えていた零戦が、次々とフル・スロットルの爆音を轟かせ、出撃を開始した。

2

トラック環礁は静かだった。

環礁西部に横たわる七曜《しちよう》諸島の上空にも、その北東にあるかつての艦隊作業地にも、敵機の姿はない。

五日前の攻撃では、最初にロッキードP38〝ライトニング〟が攻撃隊を迎え撃ち、次いでグラマンF4F〝ワイルドキャット〟が戦闘に加わったが、この日はどちらの機体も姿を見せなかった。

攻撃隊の誘導に当たる二式艦偵が、北寄りに変針した。

総指揮官を務める「蒼龍」戦闘機隊隊長飯田房太《いいだふさた》少佐の零戦が、二式艦偵に従って左に旋回し、後続する零戦も飯田機に倣う。

敵機は、依然出現する様子がない。

「奴ら、こっちの目論見に気づいたかな?」

空母「青龍《せいりゅう》」戦闘機隊の第二小隊長鎌田《かまた》勇《いさむ》中尉は、周囲の空に目を配りながら独りごちた。

第一次攻撃隊の編成は零戦八七機、誘導を担当する二式艦偵が三機。

第二艦隊の正規空母三隻、第三艦隊の正規空母四隻から九機ずつが発進した他、直衛を担当する第四航空戦隊の中型空母「隼鷹《じゅんよう》」「飛鷹《ひよう》」からも、一二機ずつが攻撃隊に加わっている。

「トラックの敵航空兵力は、七月一九日の攻撃で大幅に弱体化している。守りよりも、攻撃を優先すべきだ」

という二艦隊司令部の方針により、四航戦の艦上機隊も攻撃に加わったのだ。

これだけの機数があれば、弱体化したトラックの敵航空兵力など一掃《いっそう》できる。

米軍が日本側の裏を掻《か》き、戦闘機を上げてこなかった場合には、低空に舞い降りて機銃掃射をかけ、敵機の地上撃破に努めることになっていた。

攻撃隊は、トラックを北側に迂回する形で進撃を続ける。

中島《なかじま》「栄」二一型八七基、愛知「熱田」二一型三基の爆音が、環礁北部の空を轟々《ごうごう》と騒がせる。

礁湖の中に連なる島々は右手に見えるが、すぐに視界の外へと流れ去ってゆく。

「敵機、右正横《せいおう》！」

不意に、警告の叫び声がレシーバーに響いた。

「横合いから来やがったか！」

鎌田が叫ぶのと、誘導機の二式艦偵が、機体を横転させて離脱にかかるのが、ほとんど同時だった。

第一、第四航空戦隊の零戦が右旋回をかけ、敵機に機首を向ける。

右方から出現した敵機は約四〇機。これまでに何度も手合わせしたＦ４Ｆだ。

高度は、敵機が僅かに上回る。
一、四航戦の零戦は、上昇しつつ、Ｆ４Ｆとの距離を詰めてゆく。
「左からも来たぞ！」

新たな警告が、レシーバーに飛び込んだ。

鎌田は、左を見た。

一群の敵機が、左前上方から距離を詰めて来る。

二〇機前後と見積もられる梯団《ていだん》が二隊だ。

「飯田一番より二、三、八航戦、左の敵機にかかれ！」

飯田が叩き付けるように下令し、二航戦の零戦一八機が真っ先に左旋回をかけた。

「浜岡《はまおか》一番より『青龍』隊、続け！」

「鎌田一番より二、三番、行くぞ！」

「青龍」戦闘機隊隊長浜岡賢吉《けんきち》大尉の命令がレシーバーに響き、鎌田も小隊二番機の福島達之《ふくしまたつゆき》上等飛行兵曹、三番機の正田浩介《しょうだこうすけ》二等飛行兵曹に命じる。

正田は、五日前のトラック攻撃で戦死した南貫《みなみかん》一郎《いちろう》二等飛行兵曹の後任だ。元は「海龍」戦闘機隊に所属していたが、母艦が被弾し、着艦不能となったため、「青龍」に降り、「青龍」戦闘機隊の指揮下に入った。

鎌田、福島とは、岩国《いわくに》航空隊で共に訓練を受けた仲であり、気心《きごころ》は知れていた。

鎌田が福島、正田を従え、左旋回をかけたときには、二航戦の戦闘機隊が、敵機との距離を詰めている。

常であれば、零戦が得意の小回り転回によって敵機の突っ込みをかわし、後方に回り込んで射弾を浴びせるところだ。

敵機の射弾がことごとく空を切る光景を、鎌田は思い描いていたが――。

「……！」

鎌田は目を見張った。

二航戦の零戦は予想された通り、右、あるいは左の急旋回をかけ、敵機の攻撃をかわそうと試みている。

だが、かわしきれない。

敵機の両翼からほとばしった無数の射弾が零戦の機体を貫き、瞬《また》く間に四機を火だるまに変えている。

「F4Fじゃないっ！」

誰かの叫びがレシーバーに飛び込んだときには、二航戦は敵機との乱戦に入っている。

零戦は、右あるいは左に機体を大きく倒し、急角度で旋回する。

敵機は猛速で突っ込み、一連射を浴びせては、速力を緩めることなく離脱する。

急旋回をかけた零戦が背後を取ろうとしたときには、敵機との距離は大きく開いている。

Ｆ４Ｆと同じ単発戦闘機だが、速度性能はＰ38並だ。米軍が投入した新鋭機に違いない。

「青龍」隊にも、敵機が向かって来た。前上方から、押し被さるように突っ込んで来た。

「二小隊、左旋回！」

鎌田は叫ぶなり、操縦桿を左に倒した。

浜岡隊長の第一小隊が右に、二小隊が左に旋回する。一見、零戦が敵機に道を空けたようにも感じられる。

敵機の両翼に発射炎が閃き、青白い無数の曳痕がほとばしる。

火力はＦ４Ｆ以上だ。機銃弾を発射するというより、ぶち撒けているように感じられる。

敵機は、一小隊と二小隊の間を猛速で通過する。機体形状はＦ４Ｆに似ているが、一回り大きい。敵は決戦の場に、強力な新型戦闘機を繰り出したのだ。

鎌田は福島機、正田機を従え、反転する。

敵機の背後を取ろうと考えたが、敵機は既に二〇ミリ機銃の射程外に脱している。

「小隊長、敵機、右前方！」

福島の声が、レシーバーに飛び込んだ。

鎌田は咄嗟に右旋回をかけ、敵機に機首を向けた。

新たな敵機が二機、前下方から突き上げるようにして、二小隊に向かって来る。

速度感覚は、Ｆ４Ｆとは大きく異なる。太い機首や直線翼が、みるみる膨れ上がる。

「垂直降下！」

二人の部下に指示を送り、鎌田は操縦桿を右に倒した。

零戦が横転するのとほとんど同時に、敵機の両翼に発射炎が閃いた。

降下する鎌田機の左の翼端を、無数の敵弾がかすめる。コンマ一秒でも回避が遅れていたら、鎌田機は左主翼を吹き飛ばされていたかもしれない。

二機の敵新型機は、自らの射弾を追いかけるようにして、鎌田機の真上を通過する。

「小隊長、敵機が追って来ます！」

今度は、正田が警告を送った。

鎌田は首をねじ曲げ、後方を見た。

二機の敵機が追跡して来る。先に鎌田機を狙った機体か、別の敵機かは分からないが、太くごつい機体が、降下する零戦の背後から追いすがって来る。

急降下速度は、明らかに敵機が上だ。最後尾にいる正田機が、今にも食いつかれそうだ。

「かわせっ、正田！」

鎌田が叫んだとき、敵機が両翼から射弾を放った。

鎌田の目には、青白い光の奔流《ほんりゅう》が、正田機を押し包んだように見えた。

閃光が走り、一瞬で正田機がばらばらになる。両翼内の二〇ミリ弾倉が誘爆を起こしたのだ。

正田は一発も撃たぬまま、敵機を墜とすはずの二〇ミリ弾によって散ったのだ。

敵機が、なおも追いすがって来る。一機は福島機を、もう一機は鎌田機を狙っている。このままでは、正田機の二の舞だ。

「福島、引き起こせ！」

鎌田は二番機に命じると共に、操縦桿を目一杯手前に引きつけた。

降下を続けていた零戦が機首を上げ、引き起こしにかかる。

下向きの強烈な遠心力がかかり、尻が座席に押しつけられる。しばし、全身が鉄の塊と化したかのようだ。

搭乗員にとっては、最も危険な状況だ。ろくに身動きもできない状態で、敵機の銃撃を受けたら、ひとたまりもなく撃墜される。

零戦が降下から水平飛行に転じた直後、機体の後方を青白い火箭が流れた。

敵機は引き起こし中の鎌田機を狙ったが、鎌田機の動きが僅かに早く、敵弾に空を切らせたのだ。

鎌田機は、そのまま宙返りに入る。後方から、福島機が追随して来る。

（これならどうだ？）

鎌田は、敵機に問いかけた。

縦旋回の格闘戦は、鎌田が得意とする戦法だ。「青龍」戦闘機隊に配属される前、鎌田はこの手を使って、F４FとP40を二機ずつ墜としている。

零戦が宙返りの頂点に達し、円弧を描きつつ降下する。

上を振り仰《あお》ぎ、敵機の位置を確認する。

（振り切れない⁉）

鎌田は、愕然《がくぜん》とした。

敵機は、鎌田機、福島機との距離をじりじりと詰めている。

見えないワイヤーで零戦と繋《つな》がっているようだ。そのワイヤーが巻き取られ、零戦が敵機に引き寄せられているような気がする。

この新型機に、縦旋回は通じない。鎌田は、得意技を封じられたのだ。

「福島、垂直旋回！」

鎌田は、新たな指示を飛ばした。

零戦が水平に戻ったところで、操縦桿を大きく左に倒し、左フットバーを軽く踏んだ。

零戦が左に大きく傾斜し、ほとんど横倒しになる。機体が左の翼端を支点にしたような形で、独楽《こま》のように回転する。

右の翼端の真上を、青白い曳痕の奔流が通過した。直後、敵二機が風を捲《ま》いて、鎌田機の真上を続けざまに通過した。

鎌田機が機体を水平に戻したとき、前上方に敵二番機の尾部が見えた。

敵二機も機体を左に傾け、左旋回にかかっている。格闘戦を挑むつもりかもしれない。

「そうは行くか！」

吐き捨てるように叫び、鎌田はエンジン・スロットルをフルに開いた。

「栄」二一型が猛々しい咆哮《ほうこう》を上げ、垂直旋回によって速度が落ちた機体が、一気に加速された。

照準器の白い環が敵機の尾部を捉えるや、鎌田は発射把柄《はへい》を握った。

太い火箭が、敵機の尾部に吸い込まれる。

真っ赤な曳痕が、胴体後部や垂直尾翼、水平尾翼に突き刺さり、細長い板状の破片がちぎれ飛ぶ。

敵新型機が、大きくよろめく。機体の制御がままならないのか、泥酔《でいすい》者のように、右に、左にとふらつく。鎌田の一撃は、昇降舵か方向舵、あるいはその両方を吹き飛ばしたのだ。

鎌田は一気に距離を詰め、新たな一連射を叩き込んだ。

二〇ミリ弾はコクピットに命中したのか、敵機は大きく前に傾き、墜落し始めた。

一機撃墜を喜ぶ余裕はない。敵一番機が反転し、鎌田機に正面から向かって来る。

僚機を墜とされた搭乗員の怒りが、機体の動きに表れているようだ。フル・スロットルの爆音が轟き、太い機首や直線的な主翼が目の前に迫って来る。

鎌田は咄嗟に、操縦桿を前方に押し込んだ。

零戦が機首を大きく下げた直後、敵機の両翼に発射炎が閃き、無数の敵弾が、ぶち撒けるように放たれた。

鎌田の頭上を、敵弾が通過する。

乱れ飛ぶ曳痕は、火の玉さながらだ。一発でも当たれば、機体が空中分解しそうな気がする。

敵弾に続いて、敵機が鎌田機の頭上を通過する。

零戦が、強風に煽《あお》られたかのようによろめく。

Ｆ４Ｆと同じ単発機だが、重量はかなり上回るようだ。Ｆ４Ｆの機名「ワイルドキャット」は「山猫」を意味していたが、この新型機は、羆《ひぐま》の凄《すご》みを感じさせる。

鎌田が機体を立て直したとき、

「敵一機撃墜！」

福島の弾んだ声が、レシーバーに入った。

鎌田が辛《から》くもかわした敵一番機を、福島が仕留めたようだ。

「よくやった！」

鎌田は荒く息をつきながらも、福島にその言葉をかけた。

敵新型機は、F4FやP38よりも手強《てごわ》い相手だ。鎌田の第二小隊は、その新型機を二機、悪戦苦闘の末に仕留めたのだ。

「残弾は？」

「六五発！」

「よし、行くぞ！」

鎌田は、機体を翻《ひるがえ》した。

鎌田自身の残弾数は七〇発だ。あと一、二機は墜とせる。

上空では、二、三、八航戦の零戦が、敵新型機と渡り合っている。

緒戦でいちどきに四機を屠《ほふ》られた零戦だが、何とか態勢を立て直したようだ。

持ち前の運動性能を活かし、右に、左にと目まぐるしく旋回しつつ、敵機の突進を回避する。

急角度の水平旋回や垂直旋回を用い、敵機の背後に回り込んで、二〇ミリ弾の一連射を浴びせる。

敵機も零戦との戦い方を学んだのか、容易には墜とされない。

零戦に背後に回られたと見るや、フル・スロットルで二〇ミリ機銃の射程外へと脱する。

あるいは機体を横転させ、垂直降下によって、零戦の照準を外す。

図体《ずうたい》に似合わず、動きは機敏だ。零戦が両翼に発射炎を閃かせたときには、敵機はその場から消えている。

敵機の機動力に振り回されている感のある零戦だが、好射点を占めた機体が、一機、二機と敵機に火を噴かせている。

フル・スロットルで零戦を振り切った敵機が、他の零戦の前に飛び出す形になり、射弾を喰らう。

横合いから二〇ミリ弾を受けた機体は、エンジン・カウリングを引き裂かれ、コクピット付近にまで大穴を穿たれ、黒煙を引きずりながら墜落する。

零戦一機を追い詰め、一連射を浴びせた敵機が、前上方から突っ込んで来た零戦に、二〇ミリ弾を撃ち込まれる。

一瞬で操縦者を失った敵機は、ガラス片を撒き散らしながら、真っ逆さまにトラック沖の海面へと落下する。

零戦にも被弾し、火を噴く機体が相次《あいつ》ぐ。

急角度の水平旋回で、後方の敵機をかわそうとした零戦に、無数の敵弾が襲いかかる。

青白い曳痕が零戦を捉えるや、風防ガラスが打ち砕かれ、主翼の付け根から炎が上がる。

搭乗員を射殺された零戦は、翼内タンクから噴出した炎で火葬を施しながら、真っ逆さまに墜落する。

鎌田は福島機を従え、戦場の直中《ただなか》へ、フル・スロットルで突進した。

強敵だからといって、尻込みはしていられない。いや、強敵だからこそ、一機でも二機でも墜とさねばならない。

「福島、右だ！」

鎌田は一声叫び、操縦桿を右に倒した。

二機の敵機に挟み込まれている零戦が、右前方に見える。

ジグザグ状に飛行する敵一番機を、零戦が追う形だ。その後方から、敵二番機が零戦を狙っている。

鎌田は、敵二番機に狙いを定めた。

敵機は左右に旋回を繰り返しているため、速度が落ちている。零戦がスロットルをフルに開けば、追いつくことは可能だ。

照準器の白い環が、敵機を捉える。

ファストバック式のコクピットや背びれのように

盛り上がった胴体上部が、照準器の中で膨れ上がる。

鎌田は敵機の未来位置を狙って、発射把柄を握った。両翼の前縁に発射炎が閃き、太い二条の火箭が噴き延びた。

二〇ミリ弾の火箭は、敵機のコクピット付近から胴体後部にかけて突き刺さる。

鎌田が撃墜を確信したとき、敵機が右に横転し、垂直降下に転じた。

一見、墜落に見えるが、離脱を図ったようにも感じられる。

鎌田が見た限りでは、火も煙も噴き出していない。

(撃墜だ。間違いない)

鎌田は、自身を納得させた。

B17ならともかく、単発の戦闘機だ。二〇ミリ弾を何発も喰らって、無事でいるとは思えない。自分はこの日、二機撃墜の戦果を上げたのだ。

鎌田は新たな目標を狙うべく、乱戦の巷《ちまた》と化している空戦の場に機首を向ける。


「小隊長、後ろ下方！」

不意に、福島の叫び声がレシーバーに飛び込んだ。

操縦桿を倒す間もなく、コクピットの真下から強烈な衝撃が襲いかかった。破壊された機体の破片や計器のガラスカバー、鎌田自身の血飛沫がコクピットの中で渦巻いた。

急速に薄れ行く意識の中で、鎌田は敵新型機が自機の左方を抜け、上昇してゆく姿を見た。

コクピットの真下から胴体後部にかけて、弾痕が穿たれている。先に鎌田が二〇ミリ弾を浴びせ、撃墜したと確信した機体だが、そのことを認識する余裕は、もはやなかった。

鎌田機がトラック沖の海面に落下し、飛沫を上げたとき、空中戦は終息の兆しを見せている。

零戦は次々と離脱し、母艦がある西方へと機首を向けている。

敵戦闘機は、追撃の動きを見せない。零戦の離脱に合わせ、戦場空域から遠ざかってゆく。

総指揮官飯田房太少佐の零戦からは、母艦に向け、報告電が飛んでいた。

「攻撃終了。敵戦闘機多数ヲ撃墜セルモ効果不充分。敵ハ新型機ヲ含ム。今ヨリ帰投ス。〇八二一《マルハチフタヒト》」

3

「高橋《たかはし》一番より全機へ。敵発見。突撃隊形作れ」

空母「翔鶴」飛行隊長兼艦爆隊隊長高橋赫一《かくいち》少佐は、第一次攻撃隊の全機に下令した。

トラック環礁春島の真北、五〇浬の海面だ。

雲の切れ間の下に、敵艦隊が見える。

大型艦三隻が三角形の陣形を組み、その周囲を中小型艦が固めている。

大型艦の一隻は、細長い板を思わせる形状であり、艦上は真っ平らだ。

他の二隻は、紡錘《ぼうすい》型の艦体を持つ。一隻は丈高《たけたか》い籠マスト二本が艦の中央に屹立《きつりつ》し、もう一隻は箱形の艦橋を持っている。

空母一隻、巡洋戦艦二隻を中心に据えた輪型陣だ。

第二艦隊司令部が〈ロ〉の呼称を定めた敵艦隊に間違いない。

四日前、サイパン島ラウラウ湾で第四艦隊を叩こうとしていた敵機動部隊でもある。

「ここで会ったが百年目だ」

高橋は、僅かに唇《くちびる》の端を吊り上げた。

敵艦隊がサイパン沖から去った後、第四艦隊は燃料と弾薬の補給を終え、ラウラウ湾より出港した。

当初はトラック攻撃部隊に合流する予定だったが、小沢治三郎第二艦隊司令長官より、

「第四艦隊ハ『トラック』北方海上ニ進出シ、敵艦隊ヲ攻撃セヨ」

との命令が届いたため、まっすぐトラックを目指した。

「異なる方向から攻撃をかけ、敵の意表を突きたい」

というのが、小沢長官の考えだったようだ。

第四艦隊の現在位置は、水曜島よりの方位〇度、一九〇浬。

索敵機が発見した敵艦隊三隊のうち、どの目標でも叩ける位置だが、角田覚治第四艦隊司令長官は躊躇することなく「〈ロ〉を叩く」と決定し、第五、第六両航空戦隊の翔鶴型空母四隻から攻撃隊を出撃させたのだ。
五、六航戦は、クェゼリン攻撃で艦上機を消耗したが、各空母の整備員は、サイパンに移動するまでの間に損傷機の修理と補用機の組み立てを実施し、戦力の回復に努めた。
第一次攻撃隊の出撃機数は、零戦五四機、九九艦爆四八機だ。第一次攻撃で敵空母の飛行甲板を叩いて、発着艦不能に陥れ、第二次攻撃では雷撃によって、敵巡戦二隻を叩く。

クェゼリンを叩いたときの第一次攻撃隊が、零戦七二機、九九艦爆三六機、九七艦攻三六機だったことを考えれば、戦力が減少していることは否めないが、搭乗員の戦意は旺盛だった。

四八機の艦爆は、各母艦毎に分かれ、斜め単横陣《たんおうじん》を組み始めている。

高橋が直率する「翔鶴」隊は、高橋機も含めて一二機。

従来通りの爆撃なら、六機を一個中隊として、二隊に分けるところだが、高橋は一二機をひとまとめにし、一列に並ぶよう命じていた。

「敵機はどうだ？」

高橋は、周囲を見渡した。

相手は、空母を含む機動部隊だ。直衛機がいないとは考えられない。トラックの敵飛行場から、応援が駆けつける可能性も考えられる。

「敵戦闘機、見当たりません」

偵察員の松山四郎《まつやましろう》飛行兵曹長が報告する。

零戦隊も、動く様子を見せない。

敵戦闘機を発見したら、真っ先に突っ込んで行くはずだが――。

「高橋一番より艦爆隊全機へ。目標、敵空母。繰り返す。艦爆全機で敵空母を叩く」

高橋は、新たな命令を送った。

過去の戦闘を考えれば、四八機もの艦爆を空母一隻に集中するのは過剰かもしれない。

だが米軍の対空火器は、装備数、命中率共に、開戦時よりも格段に進歩している。

何機が投弾に成功するか分からない以上、全機を敵空母に向けるのが得策だ。

高橋が力のこもった声で下令した直後、

「全軍突撃せよ！」

「左前方、敵機！」

警告の叫びが、レシーバーに飛び込んだ。

高橋は、左前方を見た。

すぐには、何も見えない。

熱帯圏のぎらつく陽光が、射し込んで来るだけだ。

「太陽を背にしての奇襲か！」

高橋は、敵の目論見を察知した。現在の時刻は八時四七分。陽光は、東から射し込んで来る。

敵は、昇る朝日を隠《かく》れ蓑《みの》に使ったのだ。

艦戦隊の約半数が左旋回をかけ、機首を太陽に向ける。あたかも、太陽の中に飛び込まんとしているような動きだ。

敵機が姿を現した。

陽光の中から湧き出すようにして、艦戦隊の正面上方から突っ込んで来た。

敵機と零戦が、ほとんど同時に発砲する。

両翼に発射炎が閃き、何条もの火箭が交錯《こうさく》し、目標へと殺到する。

正面からの銃撃戦に打ち勝ったのは、敵機だった。

瞬く間に三機の零戦が火を噴いてよろめき、残る零戦は右、あるいは左に旋回した。

零戦が急旋回し、敵機の背後に回ろうとしたときには、敵機が艦爆隊に迫っている。

艦爆隊と付かず離れずの位置に付けていた直掩隊の零戦が、正面から立ち向かう。

「高橋一番より艦爆隊、個別に応戦しろ！」

高橋は、麾下の四七機に下令した。

戦闘機に対しては、編隊を密にし、弾幕射撃で対抗するのが有効だが、艦爆隊は既に急降下爆撃のため、斜め単横陣を組んでいる。

今は、各機毎に応戦するしかない。

敵一機が、零戦の迎撃を突破し、「翔鶴」隊に向かって来た。

各機の後席から、七・七ミリ旋回機銃の細い火箭が飛ぶ。

射弾は敵機を捉えているように見えるが、火を噴く様子はない。

新型機の両翼に発射炎が閃き、無数の火箭が噴き延びた。

「芦沢《あしざわ》機被弾！」

松山が、味方の損害を知らせる。

編隊の殿軍《でんぐん》に位置していた、芦沢正《ただし》二等飛行兵曹と赤座《あかざ》恭介《きょうすけ》上等飛行兵の機体だ。

二人とも、五日前はクェゼリンの敵飛行場に二五番を叩き付けた身だが、この日は敵空母に投弾を見舞わぬまま、空中に散華したのだ。

「桜井《さくらい》機被弾！　斉藤《さいとう》機被弾！」

新たな被害報告が届く。

最初に墜とされた芦沢機同様、編隊の後ろに位置する機体だ。

一二機を連ねた斜め単横陣は、最後尾から切り崩され、機数を減らしてゆく。

三機目が落とされたところで零戦が駆けつける。

一連射を浴びせるが、敵機は機体を翻し、垂直降下によって離脱する。

「高橋一番より各隊、状況報せ！」

「江間《えま》一番より高橋一番。一機被弾なれど進撃続行！」

「田宮《たみや》一番より高橋一番。四機被弾」

「船越《ふなこし》一番より高橋一番。三機被弾」

高橋の問いに、「瑞鶴」「紅鶴」「雄鶴」の艦爆隊隊長から報告が返される。

「このまま行くぞ！」

「了解！」

宣言するような高橋の言葉に、三人の指揮官が異《い》口同音《くどうおん》に返答した。

その言葉を聞きつけたかのように、敵一機が高橋機の面前《めんぜん》から向かって来る。

Ｆ４Ｆと似た形状だが、一回り大きく、動きも速い。米軍の新型艦戦だ。

「『翔鶴』隊、かわせ！」

高橋は一声叫び、操縦桿を左右に、不規則に倒した。

九九艦爆の機体が、振り子のように振られる。敵機が一連射を放ち、右の翼端付近を、敵弾が奔流のように通過する。

機体を左右に振りながらも、高橋は発射把柄を握り、機首二丁の七・七ミリ固定機銃を発射した。目の前に発射炎が閃き、二条の細い火箭が噴き延びた。

射弾は敵機に吸い込まれたように見えるが、効果はない。

高橋機の右脇を通過した敵機に、後席の松山が七・七ミリ旋回機銃を発射する。結果は固定機銃と同じだ。外したのか、命中しても撥《は》ね返されたのかも判然としない。

「後続機どうか⁉」

「全機、健在です！」

松山が答えたとき、前方に多数の爆発光が走った。爆煙が黒雲のように湧き出し、艦爆隊の前方を遮《さえぎ》った。

輪型陣の外郭を固める巡洋艦、駆逐艦が、対空射撃を開始したのだ。

米軍の艦艇は、駆逐艦であっても対空火器が強力であるため、油断がならない。

それでも、少しでも対空砲火の密度が少ない空域を探し、艦爆隊を誘導する。

敵の射程内に踏み込んだのだろう、周囲で敵弾の炸裂が始まる。

右から、左から、爆風が押し寄せ、機体が激しく煽られる。時折、弾片が胴体や主翼に命中し、不気味な音を立てる。

（南無三《なむさん》！）

高橋は歯を食いしばり、輪型陣の内側に突入する。被弾、墜落を覚悟したが、機体は健在だ。目指す空母は左前方に見える。

空母と二隻の巡戦から、対空砲火が浴びせられる。前後も、左右も爆煙に囲まれ、入道雲《にゅうどうぐも》に突っ込んだかのようだ。

敵弾に翻弄されながらも、高橋は急降下爆撃の教範《きょうはん》に従い、左主翼の前縁に敵空母を重ねた。

エンジン・スロットルを絞り、操縦桿を前方に押し込んだ。

九九艦爆がお辞儀《じぎ》をするように機首を下げ、降下を開始する。

高橋機だけではない。「翔鶴」隊の残存八機も、一斉に降下に入る。

開戦時の降爆は、指揮官機が先頭になり、一本棒のようになって突っ込むやり方だったが、今では全機同時の突入に戦法を変えている。

敵艦は対空砲火の分散を余儀《よぎ》なくされ、生還率も高まるはずだ。

空母の外周が、発射炎に縁取《ふちど》られた。若干の間を置いて、無数の曳痕が突き上がり始めた。

一つ一つが、握り拳のように大きい。一発でも食らったら、空中分解を起こしかねない、鉄と火薬の恐るべき拳だ。

それらをかき分けるようにして、高橋の艦爆は突進を続ける。

左後方で爆発が起こり、風防ガラスが赤く光る。「翔鶴」隊の僚機が敵弾を喰らい、散華した瞬間だ。

被撃墜機はこれで四機。「翔鶴」隊は出撃機数の三分の一、八名の搭乗員を失ったことになる。

　高橋自身も、部下と同じ運命を辿ってもおかしくないが、恐怖は感じない。

　目は、眼下の空母を見据えている。

「二二《フタフタ》（二二〇〇メートル）！　二〇《フタマル》！」

　高度計の数字を読み上げる松山の声が、伝声管を通じて伝わる。

　エンジン・スロットルを絞り込んでいるとはいえ、コクピットの中は風切り音、砲声、敵弾の炸裂音に満たされている。

　松山の声は、それらに負けぬほど大きく、耳の奥を震わせるほどだ。

　高度計の数字が小さくなるにつれ、眼下の空母が拡大する。

　最初はマッチ箱ほどの大きさだったものが、下駄《げた》へ、まな板へと拡大する。飛行甲板に描かれている番号や白線も見え始める。

　時折、敵弾が機体を掠《かす》り、投弾コースから外れそうになる。

　高橋は微妙に操縦桿を操作し、機体の位置を修正する。

　照準器の白い環は、飛行甲板の中央を捉えている。距離は、もうあまりない。視野一杯に、飛行甲板や絶え間なく閃く発射炎が広がる。

「〇六《マルロク》（六〇〇メートル）！」

「てっ！」

　報告を受けるや、高橋は投下レバーを引いた。

　足の下から動作音が伝わり、機体が軽くなった。

　高橋は操縦桿を目一杯手前に引き、引き起こしにかかった。

　目の前に見えていた空母が視界の外に消え、突き上がる無数の曳痕や黒い爆煙、どす黒く汚される空が目の前に来た。

　下向きの強烈な遠心力に全身を締め上げられながらも、高橋は機首を上げげつつ、海面すれすれの高度に舞い降りる。

「後続機、どうか⁉」

「視界内に五機を確認！」

「了解！」

降下中に、二機を墜とされたか——そう思いつつ、高橋は松山に返答した。

対空砲火は、なおも襲って来る。

輪型陣の内側に侵入し、空母に投弾した日本機を、何としても逃がすまいと、前から後ろから、無数の射弾が飛んで来る。

高橋は海面すれすれの高度を飛び、部下を誘導する。

「翔鶴」一隊は既に出撃機の半数、一二名の搭乗員を失ったのだ。これ以上、一機も失いたくない。

前方に、駆逐艦二隻が見えて来た。

高橋は、駆逐艦の間に機体を突入させた。

泡立つ海面がちらりと見えたが、次の瞬間には、高橋機は輪型陣の外へと脱していた。

敵は、なおも撃って来る。数限りない曳痕が、九九艦爆の後方から追いすがって来る。

それらが消えるまで、高橋は海面に張り付くような低空飛行を続けた。

敵の射程外に脱したところで機首を引き起こし、上昇に転じた。

「松山、戦果は？」

「六発の命中を確認しました」

「了解した」

部下の答を聞き、高橋はごく短く返答した。

数分後、高橋は三〇〇〇メートルの高度から、敵艦隊を見下ろしていた。

敵空母は、飛行甲板の中央からどす黒い火災煙を噴き上げている。

二五番六発の命中では、沈没には至らないだろうが、発着艦不能になったのは確実だ。

第一次攻撃隊は、作戦目的を達成したのだ。

（犠牲は大きかったが……）

周囲に集まって来る艦爆を数えながら、高橋は嘆《たん》息《そく》した。

残存は、高橋機を含めて二十数機だ。出撃機数が四八機だったから、約半数をやられたことになる。

過去の戦闘で、ここまでの消耗率を記録したことはない。

敵の新型戦闘機と、対空砲火の恐るべき威力を、改めて思い知らされたような気がした。

高橋は、感情のこもらない声で松山に命じた。

「司令部に打電。『我、敵空母ヲ攻撃ス。爆弾六発ノ命中ヲ確認ス。敵戦闘機ノ迎撃熾烈《シレツ》。対空砲火、極メテ盛《サカン》。〇九一二《マルキュウヒトヒト》』」

第四艦隊の第二次攻撃隊は、第一次攻撃隊と入れ替わるようにして、目標上空に到達した。

「敵戦闘機の姿なし」

空母「雄鶴」艦攻隊隊長三上良孝《みかみよしたか》大尉に、偵察員の竹原貞善《たけはらさだよし》飛行兵曹長が報告した。

「一次の連中が掃討したかな？」

三上は呟きながら、周囲の空を見渡した。

竹原が報告した通り、敵戦闘機の姿が見当たらない。ずんぐりした胴体を持つＦ４Ｆも、双発双胴のＰ38もいない。

「敵の直衛機は、トラックに向かったのかもしれません」

竹原は言った。

第一次攻撃隊の目標は、敵空母の撃沈乃至撃破だ。

作戦が成功したのであれば、敵戦闘機は還るべき母艦を失い、トラックに降りる以外になくなる。

「鬼《おに》の居ぬ間になんとやらだ」

三上は小さく笑った。

最高速度が遅い上、防弾装備も弱い九七艦攻にとっては、戦闘機の存在が最大の脅威だ。

戦闘機さえいなければ、多少対空砲火が激しくとも、思い切って突っ込んでいける。

「敵発見。五航戦目標、敵巡戦一番艦。六航戦目標、敵巡戦二番艦。突撃隊形作れ」

無線電話機のレシーバーに、攻撃隊総指揮官石見《いわみ》丈三《じょうぞう》大尉の声が届いた。

五航戦の二番艦「瑞鶴」の飛行隊長兼艦攻隊隊長だ。先のクェゼリン攻撃では、二度に亘って出撃し、敵輸送船の頭上から五〇番を見舞っている。

今回は、胴体下に九一式航空魚雷を抱いての出撃だった。

「入来院《いりきいん》一番、了解」

「藤崎《ふじさき》一番、了解」

「翔鶴」艦攻隊分隊長入来院良秋《よしあき》大尉と、「紅鶴」艦攻隊第二中隊長の藤崎正三《しょうぞう》大尉が応答する。

「翔鶴」艦攻隊隊長の市原辰雄《いちはらたつお》少佐はクェゼリン攻撃で負傷し、「紅鶴」艦攻隊隊長の岩井健太郎《いわいけんたろう》大尉は同じクェゼリン攻撃で戦死したため、両艦では最先任士官が艦攻隊の指揮を執っている。

「三上一番、了解」

三上も、石見に応えた。

「紅鶴」の藤崎大尉よりも三上が先任であるため、三上が六航戦艦攻隊の指揮を執ることになる。

「『雄鶴』隊、『紅鶴』隊、続け！」

三上は叩き付けるように下令し、高度を下げつつ、敵艦隊の左方へと、艦攻隊を誘導した。

第二次攻撃隊は、零戦五二機、九七艦攻五二機で編成されている。艦攻のうち、六航戦の所属機は二三機だ。

クェゼリン攻撃における未帰還機は比較的少なかったが、搭乗員の中に機上戦死した者や、負傷し、再出撃は不可と判断された者が多かったため、「紅鶴」「雄鶴」の二艦を合わせて、二三機を繰り出すのが精一杯だったのだ。

六航戦艦攻隊には、「紅鶴」「雄鶴」の艦戦隊二六機が付き従う。

艦戦と艦攻、合計四九機が、敵艦隊の後方から左方へと回り込む。

対空砲火はまだない。こちらを充分引きつけてから、撃つつもりかもしれない。

「石見一番より全機へ。全軍突撃せよ！」

「六航戦、続け！」

レシーバーに響いた総指揮官の命令を受け、三上は「雄鶴」「紅鶴」の艦攻隊に下令した。

「雄鶴」隊の一二機が横一線に展開し、「紅鶴」隊の一一機が後方に続く。

三上は、高度を目一杯下げる。

海面に張り付かんばかりの超低空飛行だ。

波高が高ければ波頭に突っ込みかねないが、敵の対空砲火をかわしつつ、雷撃を敢行する手段は他にない。

対空射撃が始まった。

輪型陣の外郭を固める巡洋艦、駆逐艦の艦上に発射炎が閃き、艦攻隊の周囲で、続けざまに敵弾が炸裂し始めた。

右から、あるいは左から横殴りの爆風が襲い、艦攻の機体が煽られる。

機体が傾斜し、ともすれば主翼の翼端が波頭に接触しそうになるが、三上は懸命に姿勢を立て直す。

「川辺《かわべ》機被弾！」

竹原が報告を送るが、三上は「了解」と返答するのみだ。

部下を悼《いた》む余裕はない。海面に接触することなく、突撃を続けるだけで精一杯だ。

三上機の左脇で、飛沫が上がった。

「山崎《やまさき》機、海面に接触！」

竹原が、悲痛な声で報告する。

「雄鶴」隊の二番機だ。機長と操縦員を兼任する山崎精一《せいいち》上等飛行兵曹は操縦の名手だが、爆風に煽られた機体を修正できず、海面に突っ込んだのだ。

二機目を失ってから数秒後、敵の艦上に新たな発射炎が閃き、青白い曳痕が殺到して来た。

曳痕の一つ一つが、零戦が発射する二〇ミリ弾のそれより大きい。無数の火の玉が乱れ飛んでいるかのようだ。

「内山《うちやま》機被弾！」

竹原が、三機目の被害を報告する。

三上は、血が滲《にじ》むほど強く唇を噛み締める。

「雄鶴」艦攻隊の出撃機数一二機中、未帰還三機。三上は、九名の部下を失ったのだ。

「篠崎《しのざき》はどうだ？　水木《みずき》は？　塚本《つかもと》は？」

三上は、健在であるはずの部下の名を呼んだ。

「全機、健在です！」

「よし！」

三上は、下腹に力を込めて返答した。

自機も含め、残るは九機。「紅鶴」隊も含めて二〇機。

これ以上、一機も失いたくないが、三上の力だけではどうにもならない。

指揮官としては、猛射の下での超低空飛行という難事を部下がこなし、魚雷の射点に到達するよう祈るだけだ。

三上は顔を上げた。

箱形の艦橋を持つ巡洋艦が見える。ニューオーリンズ級重巡かブルックリン級軽巡のようだ。

今、魚雷を発射すれば、中央部か艦尾を抉ることが可能だが、自分たちの目標はあくまで巡戦だ。独断で、目標の変更はできない。

巡洋艦の艦体が目の前に迫る。巨大な壁が、目の前に立ち塞がるかのようだ。

三上は、敵艦の後方を通過する。

スクリューに攪拌《かくはん》され、激しく泡立つ海面が一瞬視界に入るが、すぐに見えなくなる。

「前方に敵巡戦。レキシントン級！」

竹原の報告を受け、三上は前方を見据えた。

漂う爆煙や機銃弾の曳痕の向こうに、敵艦が見える。

艦の中央に、丈高い籠マスト二本を屹立させた巨艦が、急速転回しつつ火箭を飛ばしている。

（『コンステレーション』か『ユナイテッド・ステーツ』だな）

三上は、艦名を推測した。

レキシントン級巡戦六隻のうち、「レキシントン」「サラトガ」は籠マストが撤去され、艦形が大きく変わっている。

籠マストを持つ四隻のうち、「レンジャー」「コンスティチユーション」は、サイパン沖海戦で沈んだことが、捕虜《ほりょ》の供述から明らかになっている。

残るは「コンステレーション」「ユナイテッド・ステーツ」だが、うち一隻は七月二〇日、基地航空隊の天弓が撃沈した。

目の前の艦は、最後に残った籠マスト装備の艦ということになる。

「仲間のところへ行け！」

その言葉を敵艦に投げつけながら、三上はなおも突進した。

レキシントン級が迫って来る。

鋭い艦首が海面を切り裂き、長大な艦体が大きな弧を描きながら、左へ左へと回っている。

艦攻隊に艦首を向け、対向面積を最小にしようとしているのだ。

「もうちょい……もうちょい……」

三上は、ぎりぎりまで投雷を待つ。目一杯距離を詰め、必中を狙うのだ。

「佐竹《さたけ》機、被弾！」

「了解！」

竹原の報告に、三上は応答を返す。

被害はこれで四機。艦攻の三分の一と一二名の部下を失ったことになる。

だが「雄鶴」隊は、三上を含め、まだ三分の二が残っている。後続する「紅鶴」の艦攻隊もいる。

最後の瞬間まで、勝負を投げるつもりはない。

照準器の白い環が、レキシントン級を捉えている。

目標は完全にはみ出しており、視野一杯に、舷側が広がっている。

「用意、てっ！」

頃合《ころあ》いよしと見て、三上は投下レバーを引いた。

何かが機体から離れる感覚があり、機体が僅かに上昇した。

三上は素早く操縦桿を前方に押し込み、海面すれすれの超低空飛行を保つ。

九七艦攻はレキシントン級の艦尾をかすめ、右舷側へと抜ける。

三上機同様、海面に張り付かんばかりの低空を飛ぶ九七艦攻が前方に見える。

五航戦の艦攻隊だ。敵一番艦への雷撃を終え、離脱を図っているのだろう。

三上は、針路、速度共変えることなく、五航戦の艦攻隊とすれ違う。

その後の動きについては、はっきり覚えていない。

気がついたとき、三上は三〇〇〇メートル上空から海面を見下ろしていた。

六航戦が目標とした敵二番艦は、左舷側への回頭を続けている。航跡は、漏れ出した重油で黒く染まっている。

空から見ると、海面に黒い円を描こうとしているようだ。

六航戦が放った魚雷のうち、一本が艦尾に命中し、舵を破壊したのだ。

他に、一本が左舷後部に命中している。

命中本数が二本では、レキシントン級を沈めることはできないが、舵を破壊したのは大きな戦果だ。

これで敵二番艦は、今後の戦闘には参加が不可能となった。

残る一隻――敵一番艦は、濛々《もうもう》たる黒煙を噴き上げながら停止している。

艦は右舷側に大きく傾斜し、周囲の海面はどす黒く染まっている。

五航戦の艦攻隊が何本の魚雷を命中させたのかは不明だが、撃沈確実と判断できそうだ。

巡戦一隻撃沈、同一隻撃破が、第二次攻撃隊の戦果だった。

「今一度の攻撃は無理だな」

周囲に集まって来た九七艦攻を見ながら、三上は呟いた。

「雄鶴」の艦攻隊は、三上機を含めて残存五機。魚雷発射前に六機を墜とされ、離脱時に、更に一機を墜とされた。

「紅鶴」の艦攻隊も、残存は五機だ。

「翔鶴」「瑞鶴」の艦攻隊は、二艦合計一五機を残すのみとなっている。

第四艦隊は、サイパン襲撃の報復を成し遂げたと言えるが、その代償はあまりにも大きい。

クェゼリン攻撃、そしてこの日の敵機動部隊への攻撃で、第四艦隊は艦上機による攻撃力をほぼ喪失したと言える。

「石見一番より全機へ。帰投する」

攻撃隊総指揮官より、命令が届いた。

「瑞鶴」の石見大尉は、どうやら生き延びたようだ。

「岩村《いわむら》一番、了解」

「畑《はた》一番、了解」

「翔鶴」隊、「紅鶴」隊の指揮官が返答する。

「翔鶴」隊の入来院分隊長と「紅鶴」隊の藤崎二中隊長は戦死したため、生存者中の最先任である岩村静夫《しずお》中尉と畑哲雄《てつお》中尉が指揮権を引き継いだのだろう。

「三上一番、了解」

三上も、答を返した。

「雄鶴」隊の残存機を誘導しつつ、石見機に倣って変針した。

立ち去り際に、三上は今一度敵艦に視線を向けた。

敵二番艦は、依然黒い航跡を引きながら、同じ場所で回頭を続けていた。

4

「しくじった。第二三任務部隊《TF23》を、サイパンに向かわせるのではなかった」

アメリカ合衆国太平洋艦隊司令長官ハズバンド・

Ｅ・キンメル大将は、旗艦「ニューハンプシャー」の戦闘情報室《CIC》で、深々と溜息をついた。

たった今、キンメルの下には、ＴＦ23からの被害状況報告が届いたばかりだ。

巡洋戦艦「サラトガ」は魚雷六本を受け、機関のほとんどが停止。浸水も拡大する一方であり、沈没確実。

同「コンステレーション」は魚雷によって舵を損傷し、航行不能。同艦は四日前、サイパン沖で雷撃を受けているため、打撃を追加された格好だ。

空母「エセックス」は、飛行甲板に爆弾五発が命中し、発着艦不能。

以上がこの日、ＴＦ23が受けた損害だ。

同部隊はこの四日前、サイパン島の沖で、巡洋戦艦「ユナイテッド・ステーツ」沈没、空母「イントレピッド」「バンカー・ヒル」損傷の被害を受けている。

ＴＦ23は、陸軍第一二航空軍《12AF》、第三海兵航空団《3rdMAW》と共に、トラック周辺の制空権確保や太平洋艦隊の上空直衛に当たるはずだった部隊だ。

そのＴＦ23が、日本艦隊との決戦前に、部隊の中心となる空母を戦列からもぎ取られたのだ。

結局、ＴＦ23のサイパン派遣は、ただでさえ不足がちな航空兵力をいたずらに分散し、日本軍に各個撃破の機会を与えただけに終わったのだ。

何と愚《おろ》かしい決定をしたものか、と悔《く》やまれてならなかった。

「ＴＦ23の敗退は、マッケーン司令官の責任が大であると考えます」

参謀長ウィリアム・スミス少将が言った。

太平洋艦隊司令部は七月二〇日早朝、ＴＦ23に、

「可及的速《かきゅうてきすみ》やかにトラックに帰還し、太平洋艦隊本隊に合流せよ」

との命令電を送っている。

ところが、ＴＦ23司令官ジョン・Ｓ・マッケーン少将は、

「攻撃隊は既に発進せり。攻撃隊収容後、トラックに帰還す」

　との回答を送り、すぐにはサイパン沖から立ち去らなかったのだ。

　進撃中の攻撃隊に帰還命令を出せば、混乱が生じることに加え、艦上機クルーの士気にも影響する。

　だが、攻撃を続行すれば、空母数隻を撃沈破でき、日本軍の機動部隊に大打撃を与えられる。

　キンメルは戦果を期待して、マッケーンの独断による行動を追認し、

「攻撃が終わり次第、サイパン近海より離脱、トラックに帰還せよ」

　との命令を送った。

　その判断は、裏目に出たのだ。

　マッケーンがキンメルの命令に従い、サイパンに手を出すことなく立ち去っていれば、貴重な空母二隻を戦列外に失わずに済んだ可能性はある。

　その意味では、マッケーンの責任が大きいと言えたが――。

「彼の行動を認めたのは私だ。責任は、私にある」

　責任の追及はここまでにせよ――その意を込め、キンメルはきっぱりとした口調で言い切った。

「それよりも、次の一手を決めなくてはならぬ」

　全員の目が、情報ボードに向けられた。

　現在、太平洋艦隊の隷下には、三隊の任務部隊がある。

　キンメルの旗艦が所属する第二一任務部隊《TF21》、マッケーンのＴＦ23、クェゼリンから呼び寄せた第二六任務部隊《TF26》だ。

　ＴＦ26は、輸送船団の護衛に当たる部隊だが、七月一六日の空襲で船団が壊滅的な損害を受けたため、救助用の艦をクェゼリンに残し、太平洋艦隊本隊に合流して来たのだ。

　同部隊は、旧式ではあるものの四隻の戦艦を擁している他、重巡洋艦三隻、駆逐艦一六隻を指揮下に収めている。

現在、各任務部隊は、モエン島（春島）の北方海上に展開している。

ＴＦ21は北北東四〇浬、ＴＦ23は北方五〇浬、ＴＦ26は北北西四〇浬だ。

飛行場があるモエン島の近くに布陣《ふじん》することで、戦闘機隊の援護を受け易くしたのだ。

決戦前、太平洋艦隊が構想していた作戦案は、「防御は最大の攻撃なり」とでも呼ぶべきものだった。

来襲する日本機をトラックに配備した戦闘機とＴＦ23の艦上機で徹底して叩き、攻撃力を奪い取る。

その後は戦艦部隊を前面に押し立て、日本艦隊に決戦を挑むのだ。

艦隊戦になれば、日本海軍は合衆国海軍の敵ではない。

最新鋭戦艦「オレゴン」やアラバマ級戦艦の主砲が、「赤城《アカギ》」を始めとする日本艦隊を殲滅《せんめつ》することになろう。

だが、七月一九日の大規模な航空攻撃と七月二〇日のサイパン沖の戦いで、太平洋艦隊隷下の航空兵力は激減した。

この日――七月二四日の戦闘でも、日本艦隊は多数の零戦《ジーク》を繰り出し、直衛機の掃討を図って来た。

「敵機の掃討により、攻撃力を奪い取る」という作戦構想は、既に破綻《はたん》しつつあったのだ。

「我が方の残存戦闘機は、一三六機との報告が届いております」

航空参謀のケヴィン・パークス中佐が言った。

「12ＡＦと3ｒｄＭＡＷは、七月一九日の空襲から生き延びた機体を、モエン島の第一、第二飛行場に集結させています。また、『エセックス』の艦戦隊は、全てモエン島の飛行場に着陸しました。これらの合計が一三六機です」

「それだけの戦闘機があれば、太平洋艦隊の頭上を守ることは可能です」

首席参謀チャールズ・マックモリス大佐が意気込んだ様子で言った。

キンメルはマックモリスには応えず、スミスに聞いた。

「敵艦隊の現在位置は分かるか？」

「モエン島を基準にした位置は、『コブラ』が方位二六八度、一二五浬、『マンバ』が二七〇度、一六五浬、『アダー』が二六三度、一六〇浬、『サイドワインダー』が三五五度、一八五浬です。いずれも、九時時点における情報ですが」

スミスが答えた。

「コブラ」は戦艦五隻を中心とした砲戦部隊、「マンバ」「アダー」「サイドワインダー」は空母を中心とした機動部隊のコード名だ。

「サイドワインダー」が七月一六日にクェゼリンを襲った部隊であろうと、太平洋艦隊司令部は睨んでいる。

キンメルは時計を見た。

現在の時刻は、現地時間の一一時四六分。

日本艦隊がトラックに接近しているのであれば、最も近くにいる「コブラ」は、モエン島の西方八〇浬あたりまで接近しているのではないか。

「打って出るか」

キンメルは、幕僚たちを見渡して言った。

「ヤマモトは、太平洋艦隊との決戦を望んでいる。砲戦部隊の『コブラ』を前面に押し立てているのが、彼の意志の表れだろう。太平洋艦隊としては、応じるべきだと考えるが」

「それは危険です。戦艦同士の砲戦では勝算がないことは、彼らも理解しているはずです。戦艦の性能差を補う戦術を、彼らは考えているはずです」

マックモリスが言い、パークスが後を受けた。

「日本軍は、砲戦部隊と航空部隊による同時攻撃をかけて来る可能性があります。昨年四月のマッピ岬沖海戦では、この手を使われたため、我が軍はレキシントン級三隻を失いました。決戦を挑むにしても、航空機の活動が不活発になる日没後まで待つ方がよいと考えます」

「モエン島の戦闘機隊に援護させれば、砲戦部隊と航空部隊の同時攻撃に対処できると考えるが」

キンメルの反論に、パークスは応えた。

「トラックから離れれば、戦闘機隊の援護が行き届き難くなります。できる限り、トラックから離れずに戦うべきです」

「トラックに縛り付けられているようだな、我が艦隊は」

「使用可能な空母がない以上、致し方がないと考えます」

パークスの言葉を聞き、キンメルは嘆息した。

「エセックス級が、あと二、三隻あればな。いや、ヨークタウン級や『キャバリー』でも構わん。せめてあと二隻の空母があれば、太平洋艦隊は戦闘機の援護を受けつつ、自由に機動できたはずだが」

スミスやマックモリスが、長官の口からそのようなお言葉が出るとは、と言いたげな表情を浮かべた。

名《な》うての大艦巨砲主義者として知られるキンメルが、空母の不足について不満を漏らしたのが意外だったのかもしれない。

「今になってみると、合衆国海軍の軍備は、バランスを著《いちじる》しく欠いていたと認めざるを得ない。私は今なお、戦艦が海上の王であると信じているが、その王に力を発揮させるには、充分な数の空母を用意すべきだった。極端な意見になるが、戦艦一隻につき空母一隻を貼り付けることを考えてもよかったのだ。海軍次官のフォレスタルが、『合衆国海軍の軍備は戦艦重視ではなく、戦艦偏重だ』と言っていたが、今となっては彼の言葉の正しさが分かる」

「この戦いが終わったら、海軍中央に上申書を出しましょう」

「うむ」

（この戦いが終わったときに、自分が生きているとの保証はないが）

腹中で呟きながらも、キンメルはスミスの具申《ぐしん》に頷いた。

（自分が死んでも、部下たちは本国に帰還させてやりたいものだ。貴重な戦訓を、海軍省と作戦本部に伝えるためにも）

そこまで考えを巡らしたとき、通信室から報告が上げられた。

「ＴＦ26より緊急信。『Ｊ（日本機）群多数。二五〇度、八〇浬』！」

「こちらに向かって来たか！」

ＴＦ26司令官トーマス・キンケード中将は、旗艦「メリーランド」の艦橋で唸り声を発した。

「メリーランド」と姉妹艦「ウェスト・バージニア」に装備されたＳＡ－１対空レーダーは、ＴＦ26に接近しつつある影をはっきり捉えている。

日本機の大編隊であることは、間違いない。

彼らは第一次攻撃隊をジークのみで編成し、トラックに残存する戦闘機を多数撃墜した。

続いてマッケーンのＴＦ23を攻撃し、「エセックス」を発着艦不能に陥れた。

日本艦隊の指揮官は、準備攻撃が終わったと判断し、多数の九九艦爆《ヴァル》、九七艦攻《ケイト》を放ったのだ。

「しかし、何故《なぜ》我が隊を……？」

作戦参謀エドウィン・メイヤー中佐が首を傾《かし》げた。

集団戦のセオリーは、最初に最も強力な敵を斃すことだ。その考え方に従うなら、旧式戦艦を中心とするＴＦ26よりも、新鋭戦艦四隻を擁するＴＦ21を狙うはずではないか、と言いたげだった。

「『テネシー』と『カリフォルニア』を見て、新鋭戦艦と誤認したのかもしれん」

参謀長デヴィッド・マレル大佐が艦外を指しながら言った。

「あり得る話だ」

キンケードは唇を歪《ゆが》めた。

第二戦艦戦隊《BD2》の「テネシー」「カリフォルニア」は、昨年から今年にかけて大規模な改装工事を受け、艦形が大きく変わっている。

籠マストを撤去し、アラバマ級やオレゴン級と同様の、塔状の艦橋を設置したのだ。

日本軍の偵察機は両艦を新鋭戦艦であると判断し、司令部に報告したのかもしれない。

「我が隊は、ＴＦ21の影武者《ダブル》ですか」

メイヤーが、僅かに顔色を青ざめさせながら言った。

ＴＦ26の上空には、モエン島から出撃した３ｒｄＭＡＷのＦ４Ｆが直衛に就《つ》いているが、機数は四〇機ほどだ。

Ｆ４Ｆも、戦術の工夫やクルーの熟練によって、ジークとほぼ互角に戦えるようになっているが、この機数でどこまでＴＦ26を守れるものか。

「ダブルだからといって、おとなしく沈められる理由はない。我が隊に向かって来たことを、奴らに後悔させてやろう」

キンケードは、メイヤーに頷いて見せた。

「メリーランド」の通信室から情報が伝えられたのだろう、上空の直衛機が西に向かってゆく。

「対空戦闘」

の指示が全艦に伝えられ、戦艦四隻、重巡三隻、駆逐艦一六隻は、一二・七センチ両用砲、四〇ミリ機銃、二〇ミリ機銃に仰角をかけ、間もなく姿を現すであろう敵機を待ち受ける。

「右三〇度、敵機！　Ｆ４Ｆと交戦中！」

ほどなく、見張員が報告を上げた。

キンケードは、右前方に双眼鏡を向けた。

羽虫《はむし》の群れを思わせる小さな影が、目まぐるしく飛び交っている。

直衛のＦ４Ｆが、ジークと渡り合っているのだ。

時折、上空から海面に向かって黒煙が伸びる。

距離があるため、どちらが墜とされたのかは分からない。

はっきり分かるのは、空中の戦場がＴＦ26の頭上に近づいているということだ。

アメリカ海軍 BB-44 戦艦「カリフォルニア」

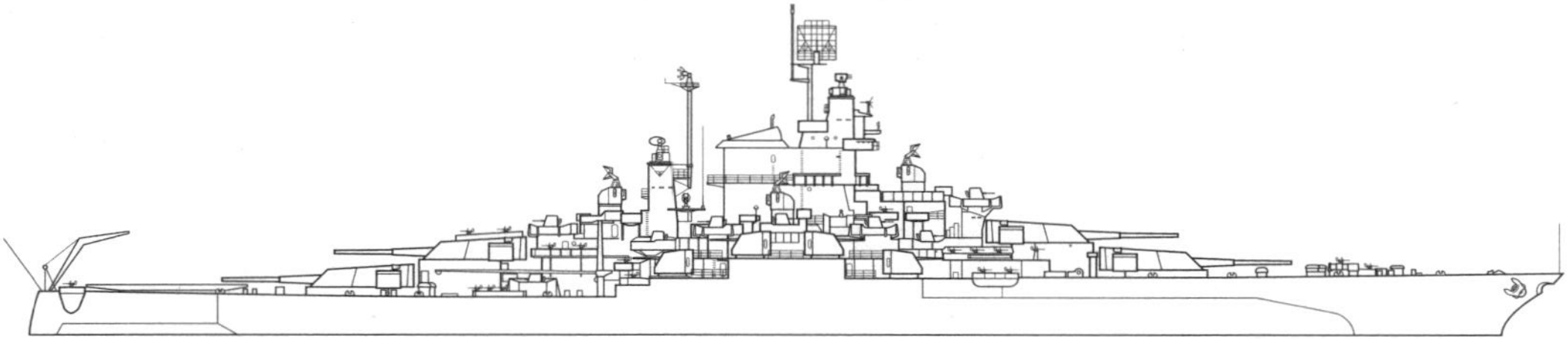

全長	190.4m
最大幅	34.7m
基準排水量	32,600トン
主機	GE式ターボエレクトリック 4基／4軸
出力	28,900馬力
速力	20.6ノット
兵装	35.6cm 50口径 3連装砲 4基 12門
	12.7cm 38口径 連装両用砲 8基 16門
	40mm 4連装機銃 10基
	25mm 単装機銃 44丁
航空兵装	水上機 2機／射出機 1基
乗員数	1,900名
同型艦	BB-43テネシー

アメリカ海軍の主力戦艦、テネシー級の２番艦。1916年度海軍整備計画によりニューメキシコ級の後継として建造が決定。これまでの戦艦の建造と運用で得られたノウハウを生かし、より強力な火砲に堅固な装甲を備える戦艦として1921年８月に就役した。

1942年夏から1943年春にかけて、大規模な改装工事が行われ、外見上の特徴を為していた籠マストは撤去され、大型の箱形艦橋に塔状の構造物を組み合わせた、近代的な艦容となった。

また、対空監視レーダーや対水上レーダーが設置されたほか、12.7センチ連装両用砲を８基、ボフォース４連装40ミリ機銃を10基搭載するなど、対空兵装は著しく増強されている。さらには水線下にバルジを装着するなど防御力も強化され、より強力な戦艦として生まれ変わっている。

対空射撃が始まった。

輪型陣の外郭を固めるノーザンプトン級重巡洋艦、リヴァモア級、ベンソン級駆逐艦が、順次一二・七センチ両用砲を発射し、艦の後方に砲煙が流れた。

両用砲弾が上空で炸裂し、黒い爆煙が漂い流れる。

「ヴァル、BD2に接近。高度一万（フィート。約三〇〇〇メートル）！」

「参謀長の言った通りだ」

キンケードはマレルに言った。

日本機は、「テネシー」「カリフォルニア」を狙っている。

日本軍にとって、より脅威が大きいのは、四〇センチ砲装備の「メリーランド」「ウェスト・バージニア」であるにも関わらず。

彼らは艦橋の形状を見て、BD2の二隻を新鋭戦艦と誤認したに違いない。

「テネシー」「カリフォルニア」が、対空射撃を開始した。艦上に砲煙が湧き出し、砲声が周囲の海面を震わせた。

「ヴァル二機撃墜！　また一機撃墜！」

「オーケイ！」

艦橋見張員の報告を受け、キンケードは右手の拳を打ち振った。

合衆国海軍の戦艦は、開戦以来の戦訓を取り入れ、対空兵装を大幅に強化している。

テネシー級は一二・七センチ連装両用砲を片舷四基ずつ、コロラド級は片舷六基ずつ、それぞれ装備しているのだ。

強化された対空兵装が、真下からヴァルに猛射を見舞い、急降下に入る前に墜としている。

「ヴァル、『テネシー』に急降下！」

「『カリフォルニア』にも向かっています。機数一〇機以上！」

二つの報告が、前後して飛び込んだ。

「艦長より砲術、『テネシー』に援護射撃！」

「メリーランド」艦長カール・ジョーンズ大佐が、

射撃指揮所に指示を送る。

既に敵機に照準を合わせていたのだろう、ほとんど間を置かずに「メリーランド」の右舷側から砲煙が湧き、一二・七センチ両用砲の砲声が轟き始めた。

「『ウェスト・バージニア』射撃開始」

後部指揮所からも、報告が届く。

輪型陣の中央で箱形の陣形を組む四隻の戦艦は、一万フィート上空から接近する急降下爆撃機の編隊を目がけ、両用砲の猛射を浴びせる。

砲声も、発射に伴う反動も、戦艦の主砲ほどではない。

それでも、「メリーランド」が片舷に六基を装備する一二・七センチ連装両用砲を一斉に発射するときの砲声からは、ドラムを乱打するような響きが感じられた。

「『テネシー』『カリフォルニア』面舵！」

見張員が、僚艦《りょうかん》の動きを報告する。

ＢＤ３の右方に位置していた「テネシー」「カリフォルニア」が、回避運動に入ったのだ。

ＢＤ２司令官ウォルター・アイランズ少将は、対空射撃だけではヴァルの急降下爆撃をかわし切れないと判断し、両艦に回避を命じたのだろう。

「遅いな」

キンケードは、「テネシー」の動きを見て呟いた。

テネシー級戦艦の最高速度は二一ノットだったが、改装に伴う重量増のため、二〇・六ノットに低下している。

速力の低下だけではない。舵の利きも悪化しており、回頭時の動きが鈍い。

かわし切れるだろうか、と懸念した。

「テネシー」の艦上に新たな発射炎が閃き、何条もの火箭が空中高く噴き上がっている。

近接防御用の二五ミリ単装機銃が、対空射撃に加わったのだ。

一二・七センチ両用砲、二五ミリ機銃を撃ちまくりながら、「テネシー」は右へ右へと艦首を振ってゆく。

その真上から、何機もの機影が殺到して来る。

開戦直後のような一本棒となっての突入ではなく、全機一斉の急降下爆撃だ。「メリーランド」の艦橋からは、猛禽《もうきん》の群れが先を争って襲いかかるように見える。

ヴァルが引き起こしをかけた。

多数の艦爆が、「テネシー」の艦橋の真上で、あるいは艦首や艦尾をかすめるようにして、機体を翻し、上昇に転じた。

「メリーランド」の艦上から射弾が飛び、ヴァルの下腹に突き刺さる。

被弾したヴァルは火を噴き、黒煙を引きずりながら海面へと突っ込む。

「メリーランド」が一機撃墜を記録したとき、「テネシー」を囲むようにして、海面で続けざまに爆発が起こり、大量の飛沫が奔騰した。

艦の左舷中央と後部に閃光が走り、赤黒い爆煙が空中に立ち上る。

「『カリフォルニア』三発被弾。火災発生！」

の報告が続けて飛び込む。

「『被害状況報せ』とBD2に伝えよ」

キンケードは、さほど動揺することなく下令した。

爆弾命中の瞬間は、相当な被害が生じたように感じられるが、ヴァルの搭載爆弾は五〇〇ポンド程度と比較的小さい。五〇〇ポンド爆弾二発の命中程度では、戦艦は沈まない。

「テネシー」「カリフォルニア」とも、せいぜい小破といったところだ。

だが、空襲はまだ終わったわけではなかった。

「九七艦攻《ケイト》多数、『テネシー』に接近！」

「『カリフォルニア』の右前方にケイト！」

「いかん……！」

キンケードは、顔から血の気が引くのを感じた。

五〇〇ポンド爆弾と魚雷では、破壊力も、艦に与える打撃も比較にならない。

当たりどころによっては航行不能か、最悪の場合には沈没もあり得る。

「かわせ、『テネシー』『カリフォルニア』！」

キンケードは、二隻の戦艦に向かって叫んだ。

声が届くはずはないと分かっていたが、叫ばずにはいられなかった。

二隻の戦艦は、火災を起こしながらも回頭を続けている。

この直前まで、上空に噴き上がっていた火箭は、今は見えない。

二艦とも、両用砲、機銃の仰角を低めに取り、低空から向かって来るケイトを撃っているのだ。

ほどなく、「テネシー」の艦首と艦尾をかすめるようにして、複数のケイトが姿を見せた。

胴体下に、魚雷はない。「テネシー」に向け、雷撃を敢行したのだ。

怒りに駆られたように、「メリーランド」の艦上から火箭が飛ぶ。

海面すれすれに飛行するケイトを、片端から叩き伏せるかと思いきや、敵機が火を噴くことはない。

「メリーランド」からの銃撃は、ことごとく海面に吸い込まれ、線状の飛沫を上げるだけだ。

不意に、「テネシー」の艦尾付近に巨大な水柱が奔騰する様が見えた。

キンケードは、声にならない叫びを上げた。

艦尾には、舵機《だき》室、舵、推進軸等、艦の動きを司る機構が集中している。この一発が致命傷になったのでは、という気がした。

「テネシー」の艦橋や煙突の向こう側に、水柱が次々と奔騰する。

魚雷命中の度、「テネシー」の巨体が震え、炸裂音が「メリーランド」の艦橋にまで伝わって来る。

近代化改装を受けたとはいえ、艦体や機関は竣工時のままだ。艦齢は二三年を超え、各所の老朽化も進んでいる。

その艦体が、苦悶の叫びを上げているようだった。

「カリフォルニア」にも、魚雷が命中している。

艦首から第一砲塔にかけて、続けざまに水柱がそそり立つ様が、「メリーランド」の艦橋からも見えている。

最終的に、「テネシー」「カリフォルニア」には、魚雷四本ずつが命中した。

両艦とも行《い》き足《あし》が止まり、右舷側に大きく傾斜している。

「テネシー」の被雷箇所は、「メリーランド」から見て艦の反対側になるため、被害状況ははっきりしない。

分かるのは、艦が大きく傾斜し、黒煙を噴き上げていることだ。

「カリフォルニア」は被雷箇所が前部に集中したためだろう、艦首が大きく沈み込み、艦尾が僅かに持ち上がっている。

両艦とも、艦底部付近では、ダメージ・コントロール・チームが浸水の拡大を防ごうと奮闘しているであろうが、沈没を免れるかどうかは微妙なところだった。

「BD2に命令。艦を救い得ないと判断した場合には、速やかに総員を退去させよ」

キンケードは、マレルに言った。

できることなら、両艦を救いたいが、無理をすればクルーの犠牲を増やすことになる。

ただでさえ軍艦のクルー、それも戦艦のような大型艦を扱い慣れたベテランは不足しているのだ。

彼らを犠牲にはできなかった。

このとき、「メリーランド」「ウェスト・バージニア」にも新たな脅威が迫りつつあることに、キンケードはまだ気づいていなかった。

先の命令に対するBD2の回答が届くより早く、レーダーマンが切迫した声で報告を上げた。

「J群第二波、我が隊に向かって来ます！」

5

「まずい戦《いくさ》をやってしまったな」

小沢治三郎第二艦隊司令長官は、唸るような声で言った。

「鬼瓦《おにがわら》」と呼ばれる異相《いそう》は、とびきり苦い薬を飲み下した直後のように歪んでいる。

「敵の御本尊《ごほんぞん》を見誤った。太平洋艦隊の主力は、無傷のままだ」

トラック環礁春島の北方海上に展開している米艦隊三隊のうち、日本側呼称〈イ〉〈ハ〉は戦艦四隻を中心とした砲戦部隊、〈ロ〉は空母一隻、巡洋戦艦二隻を擁する機動部隊だ。

小沢は、〈ロ〉への攻撃を角田覚治中将の第四艦隊に任せ、第二、第三艦隊の第二次攻撃隊を〈イ〉に向けた。

索敵機は〈イ〉について、「戦艦ハ新式ヲ含ム」と報告している。

こちらが、米太平洋艦隊の主力に間違いないと判断したのだ。

第二、第三艦隊の攻撃隊は、三〇分の時間差を置いて〈イ〉を攻撃し、敵戦艦二隻撃沈、同二隻撃破の戦果を上げた。

第四艦隊は、敵巡洋戦艦一隻撃沈、巡洋戦艦、空母各一隻撃破の戦果を上げている。

開戦以来、「航空攻撃のみによる戦艦の撃沈」を、なかなか実現できなかった日本海軍の航空部隊だが、七月二〇日に生起したサイパン沖の戦闘――大本営《だいほんえい》の公称「第二次サイパン沖海戦」を皮切りに、次々と敵戦艦を沈め始めたのだ。

〈イ〉への攻撃が終了した時点で、小沢は勝利を確信した。

残る〈ハ〉は、旧式戦艦を中心とした部隊だ。

過去の戦いでは、航空攻撃で敵戦艦を弱体化させ、水上砲戦で止めを刺すという手順を踏んで来たが、今回は航空攻撃だけで決着を付けられるものと期待した。

　ところが、〈ハ〉に触接していた索敵機の続報が、小沢を驚愕させた。

「敵戦艦三隻ハ『アラバマ』級ト認ム。一隻ハ新式ト認ム。全長、全幅共『アラバマ』級ヨリ大」

　と報せて来たのだ。

　アラバマ級より大きい新型戦艦となれば、「長門」「陸奥」を撃沈した新鋭戦艦である可能性が高い。〈ハ〉こそが、米太平洋艦隊の主力となる。

「だとすれば、〈イ〉は何なのだ？『蒼龍』一号機の搭乗員は、新鋭戦艦と旧式戦艦を見間違えたのか？」

　小沢の疑問に、高田利種首席参謀が答えた。

「〈イ〉に含まれる新鋭戦艦は、旧式戦艦を改装したものかもしれません。過去に建造された米戦艦のうち、ニューメキシコ級、レキシントン級は、改装後の艦形が大きく変わっております。他の戦艦にも、改装によって籠マストや三脚檣《さんきゃくしょう》が撤去され、近代的な姿に変わった艦があるのではないでしょうか？」

　続いて、淵田美津雄航空甲参謀と加来止男参謀長が発言した。

「攻撃隊の報告電の中に、『敵三、四番艦ノ檣頭《ショウトウ》ハ〈籠マスト〉ナリ』との一文があります。報告通りなら、〈イ〉の戦艦四隻のうち、二隻は旧式戦艦となります」

「米軍の新鋭戦艦と旧式戦艦は、速度性能に大きな差があります。過去の戦例を見ても、新鋭戦艦と旧式戦艦が同じ艦隊に所属したことはありません。〈イ〉に含まれていた『新鋭戦艦』は、首席参謀の推測通り、改装工事を受けた旧式戦艦ではないでしょうか？」

「……諸官の言う通りだろう」

　小沢は、幕僚の主張を認めた。

　第二次攻撃隊の出撃機数は、第二艦隊から零戦三

八機、九九艦爆三三機、九七艦攻三八機、第三艦隊から零戦三六機、九九艦爆二四機、九七艦攻三〇機だ。

正規空母「土佐」「海龍」を戦列外に失ったことに加え、七月一九日のトラック攻撃で艦上機を消耗したため、敵艦隊への攻撃に使用可能な機数が減少したのだ。

にも関わらず、攻撃隊は、敵戦艦二隻撃沈、二隻撃破の戦果を上げた。

機数が少ないにも関わらず、大戦果が上がったのは、相手が旧式戦艦だったからだと考えれば納得できる。

俺としたことが、実にまずい戦をやった。最優先すべき敵を放置して、優先度の低い敵を叩いたというのは大失態だ。

若い頃から、帝国海軍の諸葛孔明となることを志してきたが、敵の正体も見極められずして、どこが知将だ。大間抜けもいいところだ――そんな後悔と自嘲《じちょう》が、脳裏で渦を巻いていた。

「長官、第三次攻撃隊を〈ハ〉に向けてはいかがでしょうか？」

加来が聞いた。

第二艦隊、第三艦隊共、第二次攻撃では艦戦隊の三分の一と艦爆隊、艦攻隊の約半数が出撃した。

第三次攻撃隊として待機している艦上機は、第二艦隊が零戦五〇機、九九艦爆一八機、九七艦攻四九機、第三艦隊が零戦三六機、九九艦爆二四機、九七艦攻三〇機だ。

艦爆は少ないが、最も攻撃力の大きな九七艦攻は七九機と多い。

この戦力で〈ハ〉を叩けば、米太平洋艦隊本隊の撃滅も充分可能と思われたが――。

小沢は即答せず、加来に聞いた。

「〈ハ〉の現在位置は？」

「一〇四〇《ヒトマルヨンマル》時点の情報では、春島よりの方位三〇度、三〇浬です。最初に発見された位置から、ほとんど動いていません」

「戦闘機の傘の下から動かぬつもりだな」

小沢は、敵の指揮官の考えを推測した。

米軍は、この五日間でトラックの飛行場を修復し、残存する戦闘機を集結させて、太平洋艦隊の頭上を守っている。

太平洋艦隊司令長官のハズバンド・E・キンメル大将は、名うての大艦巨砲主義者だと聞くが、航空攻撃の脅威についても、正確に認識しているのだ。

「第三次攻撃は、少し待とう」

小沢は少し考えてから、断を下した。

「第一艦隊を前進させる。艦隊と航空機の同時攻撃で、米太平洋艦隊を討《う》つ」

6

「日本艦隊が動き出しました」

ハズバンド・E・キンメル太平洋艦隊司令長官の下に、その報告が届けられたのは、現地時間の一二時五五分だった。

太平洋艦隊は、モエン島の飛行場からダグラスSBD〝ドーントレス〟を複数発進させ、日本艦隊の動きを監視していたが、その一機が緊急信を送って来たのだ。

「敵は『コブラ』を前面に立て、まっすぐトラックに向かっています。現時点における『コブラ』の位置は、トル島（水曜島）よりの方位二七〇度、七〇浬。速力は二〇ノットと推定されます」

「決着をつけるつもりだな」

チャールズ・マックモリス首席参謀の報告を受け、キンメルは頷いた。

偵察機の報告によれば、「コブラ」の中核戦力は戦艦五隻だ。

日本戦艦一一隻のうち、「長門《ナガト》」「陸奥《ムツ》」「伊勢《イセ》」「日向《ヒュウガ》」は開戦以来の戦いで沈没し、「扶桑《フソウ》」「山城《ヤマシロ》」は日本本土で練習艦になっているとのことだから、現在稼働状態にあるのは「赤城《アカギ》」と金剛型《コンゴウ・タイプ》戦艦四隻だ。

日本は全戦艦を投入し、太平洋艦隊に決戦を挑もうとしている。

「ヤマモトは、我が方の稼働空母がゼロになったため、自軍が優勢になったと判断したのかもしれませんな」

「残敵掃討のつもりかもしれぬ」

ウィリアム・スミス参謀長の言葉を受け、キンメルは言った。

日本軍が航空攻撃をかけたのは、マッケーン少将のTF23とキンケード中将のTF26だけだ。

キンメルが直率するTF21は、この日一度も空襲を受けていない。

「最も強力な敵を最初に叩く」という集団戦のセオリーを考えれば、日本軍の動きは非合理に見えるが、TF26を太平洋艦隊の本隊であると誤認したのであれば納得できる。

彼らは、「新鋭戦艦を中心に編成された強力な艦隊」を撃滅したと判断し、残敵掃討のつもりで、「アカギ」以下の戦艦部隊を差し向けて来たのではないか。

「奴らは、自分たちの事実誤認を最悪の形で思い知らされることになりますな」

スミスが小さく笑った。

旧式戦艦を掃討するつもりで、トラック近海まで進撃して来た日本艦隊の指揮官が、合衆国の最新鋭戦艦四隻を相手取らねばならないと知ったときの狼狽《ろうばい》ぶりを思い描いたのかもしれない。

「残敵掃討と言ったのは、あくまで推測だ。実際には、TF21が太平洋艦隊の本隊であると知った上で仕掛けて来る可能性も考えられる。推測に基づいての楽観は、戒《いまし》めねばなるまい」

キンメルは、自身に言い聞かせるように言った。

(敵を侮《あなど》っての敗北はせぬ)

過去の戦例を、キンメルは思い返している。

合衆国政府の目論見通りにことが運んでいれば、この戦争は、一九四一年中か一九四二年の前半に終わっているはずだった。

戦艦九隻を擁するアジア艦隊をフィリピンに配置し、南シナ海を封鎖すれば、日本はひとたまりもなく手を上げるだろう、というのが、合衆国政府の見通しだったのだ。

ところが、アジア艦隊は見るも無惨《むざん》な敗北を喫し、合衆国はフィリピン、グアムを失った。

戦争は一九四三年までもつれ込み、今は緒戦で占領したトラック環礁が脅《おびや》かされている。

日本海軍のみならず、日本そのものを侮り、過小評価したことが、今日の事態を招いたと言っても過言ではない。

同じ過ちは、これ以上犯さない。

日本海軍の実力を正当に評価し、堂々と迎え撃って、勝利を収めるのだ。

「日本軍が我が隊の戦力を正確に把握している場合、砲戦部隊と航空機による同時攻撃をかけて来る可能性が考えられます」

ケヴィン・パークス航空参謀が発言し、マックモリスも同調した。

「日本軍は、『アカギ』やコンゴウ・タイプによって、合衆国の新鋭戦艦に対抗できるとは考えていないでしょう。戦艦の戦力差を補うには、航空兵力の活用が不可欠です。艦隊による砲雷撃戦と並行して、艦上機による急降下爆撃、雷撃を仕掛けて来る可能性大です」

「我が軍も、同じ戦術を使えればいいのですが」

スミスが嘆息した。

トラックに展開する航空機のほとんどは戦闘機であり、艦船攻撃には適していない。

急降下爆撃機のドーントレスは数が少なく、専ら偵察に用いられている。

陸軍のB17は、飛行場の修復が不充分であるため使用できない。

日本艦隊に対し、艦船と航空機の同時攻撃を仕掛けることはできないのだ。

戦艦を偏重し、航空兵力の整備に力を入れて来なかった合衆国海軍の失敗が、ここにも表れている。

「頭上を守ることができれば充分だ」

キンメルは言った。

「砲戦の間、トラックに残存する全戦闘機でＴＦ21の頭上を守り、ヴァルもケイトも寄せ付けぬようにする。敵機の妨害さえなければ、『オレゴン』以下の火力で敵を圧倒できる」

元々太平洋艦隊の作戦案は、多数の戦闘機によって来襲する日本機を一掃し、攻撃力を奪い取った上で、日本艦隊を撃滅するというものだった。

トラックの飛行場が大きな打撃を受け、空母三隻も発着艦不能となったが、作戦構想はまだ破綻したわけではない。

戦闘機が残っている限りは有効だ――と、キンメルは力を込めて言った。

「分かりました。『残存戦闘機全機を以《もっ》て、ＴＦ21を援護せよ』と、モエン島の飛行場に伝えます」

スミスが頷き、「ニューハンプシャー」の通信室に指示を送った。

「ＴＦ23、26はいかがいたしますか？」

マックモリスが聞いた。

マッケーンのＴＦ23は、巡洋戦艦「サラトガ」が沈み、同「コンステレーション」が大破、空母「エセックス」が中破している。

「コンステレーション」は舵を破壊されて操舵不能に陥り、現在は「エセックス」に曳航《えいこう》されている状態だ。

一方、キンケードのＴＦ26は、四隻の戦艦全てが戦闘不能となっている。

四〇センチ砲装備の「メリーランド」「ウェスト・バージニア」は、共に魚雷二本を受け、速力が最高一〇ノット前後に低下したことに加え、爆弾数発の命中により、上部構造物にも被害が生じた。

両艦とも、主砲は撃てるものの、浸水による傾斜のため、正確な砲撃は望めないとの報告だ。

「テネシー」「カリフォルニア」は魚雷四本ずつを受け、既に総員退去が命じられている。

損傷艦は、一刻も早くトラック近海から退去させなければ、戦闘に巻き込まれて沈められる可能性がある。

「『メリーランド』『ウェスト・バージニア』『コンステレーション』はトラックに入泊させろ。艦は礁湖《しょうこ》に錨泊《びょうはく》させ、クルーは巡洋艦、駆逐艦に移乗させて避退させる」

「無人にするのですか？」

キンメルのきっぱりとした言葉に、マックモリスは驚いたような声を上げた。

クルーがいなければ、どのような攻撃を受けようと、反撃も回避もできないではないか、と言いたげだった。

「クルーの生還が最優先だ。三隻は、我々が日本艦隊に打ち勝った後で回航すればよい。仮に三隻が撃沈されたとしても、クルーを死なせるよりは遥かにいい。生きていれば、日本軍に復讐《ふくしゅう》戦を挑む機会はいずれ巡って来る」

「分かりました。TF23、TF26に長官の命令を伝えます」

マックモリスは頷き、通信室にキンメルの指示を送った。

「日本艦隊との決戦場は、現海面としますか？」

スミスの問いに、キンメルは考えていた答を返した。

「もう少し、前進しよう」

第四章　砲声消ゆるとき

1

「対空用電探、感四。方位九五度、三〇浬」

第一戦隊旗艦「赤城」の艦橋に、電測長小出俊《こいでしゅん》二《じ》大尉が報告を上げた。

トラック環礁春島の北西三〇浬の海面だ。

時刻は一五時一八分（現地時間一六時一八分）。日没まで約二時間だ。

第一艦隊は、既に水上砲戦に備えて複縦陣《ふくじゅうじん》を組んでいる。

第二水雷戦隊の軽巡洋艦「鬼怒《きぬ》」と駆逐艦一〇隻、第四水雷戦隊の軽巡洋艦「那珂《なか》」と駆逐艦一二隻が並進し、その後方に第四戦隊の重巡洋艦「鳥海《ちょうかい》」「愛宕《あたご》」「摩耶《まや》」、第五戦隊の重巡「那智《なち》」「羽黒《はぐろ》」、第一戦隊の戦艦「赤城」と第三戦隊の「金剛《こんごう》」「榛《はる》名《な》」「霧島《きりしま》」「比叡《ひえい》」という並びだ。

第一艦隊司令長官三川軍一中将は、第四戦隊の「鳥海」に将旗を掲げている。

戦艦五隻については、第一戦隊司令官の西村祥《にしむらしょう》治《じ》中将に指揮権が委《ゆだ》ねられていた。

「電測、敵機の動きはどうか？」

「我が方に接近して来る気配《けはい》はありません」

「赤城」艦長有馬馨《ありまかおる》少将の問いに、小出は即答した。

「敵の直衛戦闘機でしょう。我が方の艦上機による攻撃を警戒しているのかもしれません」

有馬の言葉に、西村は黙って頷いた。

司令官席に腰を下ろしたまま、沈思《ちんし》している。

間もなく始まろうとしている米太平洋艦隊との戦闘について、思案を巡らしているのかもしれない。

「我が方の攻撃隊は、敵の直衛を突破できるでしょうか？」

首席参謀是永俊雄《これながとしお》中佐が、不安げな口調で言った。

米艦隊が擁する戦艦四隻のうち、一隻は七月一九日の夜戦で「長門」「陸奥」を沈めた新型艦だ。「赤城」「長門」「陸奥」の三隻でかかっても、歯が立たなかった恐るべき強敵だ。

第一艦隊には、四隻の金剛型戦艦が編入されたものの、米軍の最新鋭戦艦には到底対抗できない。

小沢二艦隊長官は、戦艦と航空機の同時攻撃に勝機《しょうき》を見出しているが、攻撃隊が敵の直衛を突破できなければ、作戦構想は画餅《がべい》に帰《き》す。

「航空兵力の消耗は、米軍の方が大きい。機動部隊は、まだ余力を残している。私はうまく行くと信じている」

西村は、はっきりした声で答えた。

少し考えてから付け加えた。

「航空攻撃がうまく行かなかった場合には、戦艦部隊は牽制《けんせい》役に徹する。敵戦艦の注意を引きつけ、四戦隊以下が雷撃戦を敢行する。三川長官とは、その旨を打ち合わせ済みだ」

（できることなら、敵戦艦は本艦が討ち取りたい）

有馬は、そのようなことを考えている。

目の前で「長門」「陸奥」を撃沈され、「赤城」自身も遁走を余儀なくされたのは、僅か五日前だ。

帝国海軍最強の戦艦として君臨し、開戦後も米軍の戦艦相手に一歩も退かず、数々の武勲《ぶくん》を立てて来た「赤城」が、手も足も出せずに逃げ出したのだ。

米軍の新鋭戦艦は、「赤城」が沈めたい。「長門」「陸奥」の仇《かたき》を取ると同時に、あの屈辱を晴らしたい。

だが、第一艦隊の任務は「米太平洋艦隊の撃滅」だ。米新鋭戦艦の撃沈もその一環だが、作戦目的ではない。

「赤城」の艦長としては、作戦目的の達成を第一に考えねばならない。

「砲術より艦橋。マストらしきもの五。方位九〇度、三七〇《サンナナマル》（三万七〇〇〇メートル）！」

「索敵機より受信。『敵ハ戦艦四、巡洋艦六、駆逐艦三〇。敵針路〇度。一五三一《ヒトゴサンヒト》』」

一五時三一分、砲術長永橋為茂《ながはしためしげ》中佐と通信長中野《なかの》政知《まさとも》中佐が報告を上げた。

索敵機からの報告は、無線電話機による音声通信だ。報告の緊急性が高いため、索敵機の搭乗員は、音声で報告を送って来たのだ。

「艦隊司令部より受信。『合戦準備、昼戦ニ備ヘ。右砲雷戦』」

「鳥海」の第一艦隊司令部でも、索敵機の報告電を受信したのだろう、間を置かずに二つの命令を送ってきた。

「艦長より砲術。主砲、右砲戦」

有馬は、永橋に命じた。

現在、第一艦隊は敵に丁字《ていじ》を描かれる形になっている。三川長官は、頃合いを見て変針を命じ、同航戦に持ち込むつもりであろう。

「飛行長より艦長。観測機の発進準備完了」

「少し待て。今出せば、敵戦闘機に墜とされる危険がある」

飛行長稲村宏《いなむらひろし》大尉の報告に、有馬は返答した。

観測機の発進は、艦上機による攻撃と時機を合わせると決められている。

「電測より艦橋。対空用電探、感四。方位二七〇度、四〇浬」

今度は、小出電測長が報告した。

「司令官、味方機です!」

是永首席参謀が、喜色《きしょく》を浮かべた。

後方の空母が、攻撃隊を放ったのだ。

「攻撃隊の到着まで約一五分です」

「一五分だな。分かった」

有馬の言葉を受け、西村は言った。

(発進の時機判断が少し遅いな)

と、有馬は考えている。
二、三艦隊が一艦隊の後方四〇浬に展開したのは、敵の水上部隊による襲撃を警戒してのことであろう。
だが、それなら艦上機をもう少し早く発艦させるべきではなかったか。

艦上機が到着するまでの一五分間で、戦況が大きく——それも、日本側が不利な形に変わるかもしれない。

この間にも、一艦隊は敵に接近している。

最初は「マストらしきもの五」と報告された敵艦隊だが、距離が詰まるに従い、水平線の向こうから姿を現し始めている。

敵の隊形は、三列の複縦陣だ。

多数の駆逐艦が前面に展開し、その後方に巡洋艦、戦艦が並んでいる。

「索敵機より受信。『敵戦艦一番艦ハ主砲塔四基。二、三、四番艦ハ主砲塔三基』」

中野通信長が新たな報告を上げた。

「艦長より砲術。敵戦艦の一番艦が例の奴だ」

「了解！」

有馬の言葉を受け、永橋は闘志を感じさせる声で応えた。

「赤城」は五日の時を経て、「長門」「陸奥」の仇に巡り会ったのだ。

(互いに、戦友の仇というわけだ)

そんな想念《そうねん》が、有馬の脳裏に浮かんだ。

敵の新鋭戦艦は「長門」「陸奥」の仇だが、米側から見れば「赤城」は過去三度の海戦で、何隻もの米戦艦、巡洋戦艦を沈めた仇敵だ。

米艦隊の「赤城」に対する敵愾心は、並々ならぬものがあろう。

「砲術より艦橋。敵一番艦との距離、三四〇《サンヨンマル》（三万四〇〇〇メートル）」

永橋が報告を上げた。

有馬は、前方に双眼鏡を向けた。

距離があるため、双眼鏡を使っても、洋上の小さな影にしか見えない。

射撃指揮所にある直径一八センチの大双眼鏡なら、艦の形状はある程度分かるかもしれないが。

彼我《ひが》共に、まだ発砲はない。

米艦隊は丁字を描いたまま待ち構え、第一艦隊は沈黙したまま距離を詰めてゆく。

「距離三三〇《サンサンマル》」

の報告が上がった直後、

「艦隊司令部より受信。『艦隊針路〇度』」

中野が落ち着いた声で伝えた。

「一戦隊、針路〇度」

「航海、針路〇度！」

西村が第一戦隊の全戦艦に下令し、有馬も航海長宮尾次郎《みやおじろう》中佐に命じた。

「取舵一杯。針路〇度！」

「取舵一杯。針路〇度。宜候《ようそろ》！」

宮尾が操舵室に下令し、操舵長塩田平三《しおだへいぞう》中尉が復唱を返す。

階級は中尉だが、兵から叩き上げたベテランだ。「赤城」の竣工時から勤務しており、「主《ぬし》」と言われている。

前方では、二水戦、四水戦が変針に入ったが、「赤城」は直進を続けている。

「砲術より艦橋。敵戦艦発砲！」

永橋が、緊張した声で報告した。

有馬は、前方に双眼鏡を向けた。

敵の隊列の上に、微かではあるが、褐色《かっしょく》の煙が見える。敵戦艦の砲煙だ。

日本艦隊が変針に入ったため、砲撃に踏み切ったのだろう。

（この距離で撃って当たるか、米軍？）

有馬は、胸中で敵に問いかけた。

米軍の新鋭戦艦は射撃精度が高く、七月一九日の夜戦では、一万六〇〇〇メートルの砲戦距離で「長門」「陸奥」に命中させた。

一万六〇〇〇メートルは、夜間の砲戦距離としては非常に大きいが、敵はその距離で四〇センチ砲弾を命中させるという離れ業《はなれわざ》をやってのけたのだ。

昼間砲戦《ちゅうかん》では、どうだろうか？

敵弾の飛翔音が迫る中、第四戦隊の高雄《たかお》型重巡三隻、第五戦隊の妙高《みょうこう》型重巡二隻が順次左に回頭する。

敵弾が落下する前に、「赤城」の舵が利き始めた。

艦首が大きく左に振られ、正面に見えていた敵の艦影が右に流れた。

艦が回頭する中、敵弾の飛翔音が拡大する。五日前、トラックの西方海上で聞いたものと同じ音だ。

（来る！）

有馬が直感したとき、「赤城」の右舷側海面が大きく盛り上がった。

海水の柱というより、ちょっとした山を思わせる巨大な海水の塊が空中高く突き上がり、しばし右舷側の視界を塞いだ。

（昼と夜では、随分違うな）

有馬は、そんな感想を抱いた。

これまで「赤城」が経験した水上砲戦は、全て夜戦だった。

敵弾落下に伴う水柱も、月明かりや吊光弾《ちょうこうだん》の光の中での視認であり、全体像をはっきり見ることはできなかった。

だが、今は昼戦だ。敵弾が噴き上げた海水の柱は、熱帯圏の陽光の中、全貌《ぜんぼう》を見せている。

本艦も、「長門」「陸奥」も、これほどの敵弾を受けていたのか。

幸い、弾着の位置は遠い。

至近弾落下の爆圧が艦底部を襲うことも、崩れる水柱が艦上に降り注ぐこともない。

米軍の新鋭戦艦といえども、この距離で直撃弾を得るのは至難なのだ。

水柱が崩れるや、新たな敵弾が落下する。

今度も、弾着位置は遠い。最も近い位置に落下した敵弾も、一〇〇メートルは離れている。

三度目、四度目の弾着が、続けざまに来る。敵戦艦四隻は、第一射を「赤城」に集中したようだ。

最後の水柱が崩れたときには、「赤城」は変針を終え、敵艦隊と並進している。

「米軍にとっては、よほど仕留めたい目標なのだろうな、本艦は。新鋭戦艦四隻に、集中砲火を浴びるとは」

「人気者は辛《つら》いですな」

皮肉げに言った西村に、有馬は冗談《じょうだん》めかした口調で返した。

遠方の海面に、新たな砲煙が観測される。

「敵、第二射！」

永橋が報告する。

敵弾が飛翔する間にも、後続する四隻の戦艦が回頭を続けている。

「赤城」に飛来した敵弾は、第一射のそれより少なかった。

水柱は三本を数えたのみであり、他に三本が右舷後方の海面に突き上がった。

「二刀流《にとうりゅう》で来たか」

有馬は呟いた。

右舷後方の海面に落下した敵弾は、おそらく「金剛」を目標としたものだ。敵一番艦は「長門」「陸奥」を沈めたときと同様、二隻を同時に狙って来たらしい。

「後部見張りより艦橋。『榛名』『比叡』『霧島』の右舷側海面に水柱確認。直撃弾なし」

新たな報告が上げられる。

敵の二、三、四番艦は、金剛型の三隻を狙ったのだ。日本側の五隻を、一挙に葬《ほうむ》り去ろうと考えてのことであろう。

「砲術より艦長。目標の指示願います！」

永橋が催促《さいそく》して来た。声に、焦慮《しょうりょ》が感じられる。

このままでは、一発も撃たぬうちにやられるのではないか、と言いたげだ。

「少し待て。艦隊司令部から指示が来ていない」

有無《うむ》を言わさぬ声で、有馬は応えた。

実のところ、有馬も永橋と同じ心境だ。

今のところ被弾はないが、いつ直撃が来てもおかしくない。

第一艦隊司令部は、航空攻撃が始まってから砲撃に踏み切るつもりなのだろうが――。

「艦長より電測。味方機の現在位置は？」

「当隊よりの方位二七〇度、二五浬！」

「了解！」

　攻撃隊は、一〇分もかからずにやって来る。それまで粘る——そう考えつつ、有馬は受話器を置いた。

　敵の第三射弾が、轟音と共に飛来する。

　直撃はないが、弾着位置は第一射、第二射よりも近い。敵の砲撃も、一射毎に精度を上げている。

「電測より艦橋。敵艦隊変針。新たな針路三三〇度！」

　小出が、緊張した声で報告した。

　米艦隊の指揮官は、遠距離砲戦では埒《らち》があかぬと判断したのだろう、距離を詰めにかかって来たのだ。

「艦隊司令部より入電。『艦隊針路三一五度』」

「一戦隊針路三一五度！」

　通信室からの報告を受け、西村が下令した。

　新たな針路は、敵から遠ざかる方向だ。三川長官は敵と間合《まあ》いを取り、時間を稼《かせ》ぐつもりなのだ。

「航海、取舵一杯。針路三一五度」

「取舵一杯。針路三一五度！」

　有馬が下令し、宮尾航海長が操舵室に命じる。

「取舵一杯。針路三一五度！」

「赤城」の「主」こと塩田操舵長が復唱する。

　舵輪は大きく回されたであろうが、舵はすぐには利かない。

「赤城」は直進を続けている。

　回頭が始まるより早く、敵の第四射弾が轟音を上げて飛来した。

　弾着と同時に、「赤城」の右舷至近に海水の柱が突き上がり、艦が左舷側に仰《の》け反《ぞ》った。

　水柱が崩れると同時に揺り戻しが起こり、艦は僅かに右舷側へと傾く。

「艦長より機関長、機関に異常はないか⁉」

「三番缶室に軽微な浸水あり。機関は全力発揮可能です！」

　有馬の問いに、機関長堀江《ほりえ》茂《しげる》中佐が返答する。

　敵が第五射を放ったとき、「赤城」は艦首を左に振った。

　迫る敵弾から逃れるように、艦は左へ左へと回ってゆく。

「『鳥海』取舵。『愛宕』『摩耶』取舵」

「『金剛』取舵。『榛名』『霧島』『比叡』続けて取舵」

見張員の報告に、右舷側から迫る轟音が重なる。

有馬を始めとする「赤城」乗員が何度も聞いた、四〇センチ砲弾の飛翔音だ。

音が消えると同時に、右舷側海面が弾け、白い海水の壁がそそり立つ。

弾着位置は第四射より遠く、爆圧もない。

安堵する間もなく、後部見張員から、悲痛な声で
「『比叡』被弾！」

報告が飛び込んだ。

若干の間を置いて、炸裂音が伝わった。

（やられたか……！）

有馬は唇を嚙んだ。

遠距離砲戦なら当たらないとの考えは甘かった。

隊列の最後尾にいた「比叡」が、直撃弾を受けたのだ。

「後部見張り、『比叡』の状況報せ」

「後部に火災が発生しています。速力低下」

「『比叡』に通信。『艦ノ保全ニ努メヨ』」

後部見張員の報告を受け、西村が通信室に命じた。

米艦隊の砲撃は、なおも続く。

「比叡」を落伍《らくご》させ、勢いづいたかのように、第六射を放つ。

この日六度目の飛翔音が轟き、各艦の右舷側海面に弾着の水柱が奔騰する。

敵弾落下の狂騒が収まったとき、後部見張員が新たな報告を上げた。

「敵機、右後方より接近！」

「艦長より砲術、対空戦闘！」

有馬は、永橋に命じた。

なかなか命中弾を得られないことに苛立《いらだ》った米軍が、航空攻撃を命じたのかと思ったのだ。

そうではないことは、すぐに判明した。

敵機は第一艦隊の前後を回り込み、西方へと向か

ってゆく。

「もしや……」

　呟いた有馬の耳に、艦橋見張員の報告が飛び込んだ。

「味方機、左正横より接近。攻撃隊です！」

2

「村田《むらた》一番より各隊。艦爆、艦攻は一艦隊の上空を突っ切れ！」

　第三次攻撃隊総指揮官を務める村田重治《しげはる》少佐の声が、無線電話機のレシーバーに響いた。

　米軍の直衛機は対空砲火を警戒し、一艦隊の上空を迂回している。

　一艦隊の上空を突っ切れば、敵戦闘機に捕まることなく、敵艦隊に突入できるというのが総指揮官の判断だ。

「北島《きたじま》一番より『加賀』隊、続け！」

「木崎《きさき》一番、了解！」

　空母「加賀」艦攻隊の第二中隊長木崎龍《りゅう》大尉は、「加賀」艦攻隊隊長北島一良《かずよし》少佐に返答するや、エンジン・スロットルをフルに開いた。

　中島「栄」一二型エンジンが力強い咆哮を上げ、九七艦攻の機体が加速された。

「二中隊、全機続行中！」

「責任重大だな」

　電信員米田正治《よねだまさはる》二等飛行兵曹の報告を受け、木崎は呟いた。

　木崎は「土佐」艦攻隊に所属していたが、七月一九日のトラック攻撃で「土佐」が飛行甲板を損傷したため、出撃の機会を失った。

　このため、「土佐」被弾時に乗艦していた艦上機隊の搭乗員、整備員、兵器員は、他の空母に移乗し、米太平洋艦隊との決戦に参加することとなったのだ。

「土佐」では第一中隊の第二小隊長を務めていたが、「加賀」では第二中隊を任されている。

「土佐」乗艦時よりも、責任が大きくなったのだ。

自分に一個中隊を委ねてくれた「加賀」飛行長天《あま》谷《や》孝久《たかひさ》中佐の信頼に応えるためにも、自身を含めた六機の艦攻を率い、雷撃を成功させねばならない。

第三次攻撃隊の艦爆隊、艦攻隊は、爆音を轟かせながら第一艦隊の上空を通過する。「赤城」以下の戦艦四隻、「鳥海」以下の重巡五隻、二、四水戦の軽巡と駆逐艦が、眼下を流れ去ってゆく。

艦爆隊、艦攻隊の先頭を行くのは、村田総隊長の機体だ。

「土佐」の飛行隊長兼艦攻隊隊長が本来の配置だが、「土佐」被弾後は第三艦隊の空母「白龍《はくりゅう》」に移乗し、同艦の艦攻隊を率いていた。

艦爆隊、艦攻隊の左右では、戦闘機同士の空中戦が始まっている。

米戦闘機に特有の太くごつい機体と、零戦のスマートな機体が入り乱れ、銃火を交わす。

米軍機には、双発双胴のP38も加わっている。

七月一九日の攻撃から生き延びた、陸軍戦闘機隊の機体であろう。

艦爆隊、艦攻隊の前方に、米太平洋艦隊の主力が見える。

第一艦隊と同じく、三列の複縦陣だ。最前列に駆逐艦、その後方に巡洋艦、最後に戦艦が控えている。

戦艦の一番艦は、二番艦以降の三隻よりも大きい。

「あいつだな、『長門』と『陸奥』をやったのは」

木崎は、そう直感した。

できることなら「長門」「陸奥」の仇を討ちたいが、攻撃隊の目的は敵の隊列を混乱させ、第一艦隊に突撃路を開くことだ。

攻撃目標は、既に決められていた。

「全軍、突撃せよ！」

村田から、新たな命令が届いた。

艦攻隊と並進していた艦爆隊が速力を上げ、敵艦隊に突撃を開始した。

「木崎一番より二中隊、続け！」

　木崎は、麾下五機の艦攻に命じる。

　前方では、北島少佐が直率する第一中隊の六機が、海面すれすれの低空に舞い降りてゆく。

　木崎が率いる第二中隊も、第一中隊に続き、海面付近まで降下する。

「中隊長、グラマン右後方！」

　偵察員を務める長瀬忠雄《ながせただお》一等飛行兵曹が叫んだ。

　太い機体が二機、横合いから突っ込んで来る。乱戦の場から抜け出した敵機が、艦攻隊に仕掛けて来たのだ。

「二中隊、応戦しろ！」

　木崎は、麾下の五機に命じた。

　後席から機銃の連射音が響き、右方に細い火箭が噴き延びる。米田二飛曹が、七・七ミリ旋回機銃を発射したのだ。

　木崎機だけではない。

　中隊の各機も後席の旋回機銃を振り立て、敵機に応戦する。

　七・七ミリ旋回機銃は命中率が悪い上、威力も小さい。頑丈《がんじょう》な米軍機に致命傷を与えるのは、極めて難しい。

　それでも、複数の七・七ミリ機銃で集中射撃を浴びせれば、照準を狂わせる程度の効果はあるはずだ。

　敵機の爆音が、後方から届く。

　青白い曳痕の連なりが目の前を通過し、次いで敵機が木崎機の真上を通過する。

　風圧を受け、一瞬機体の制御を失いそうになる。

「F4Fじゃないな」

　木崎は、敵機の正体を推測した。

　第一次攻撃から帰還した艦戦搭乗員が、第三次攻撃に参加する搭乗員に、

「米軍には新型戦闘機がいます。F4Fと似ていますが、F4Fより大きく、速い機体です。充分注意して下さい」

　と伝えている。

　その機体が、艦攻隊に襲いかかって来たのだ。

敵の新型機二機は、艦攻隊の左前方で右旋回をかけている。

旋回半径は小さい。零戦に比べても、遜色《そんしょく》ないように見える。

「二中隊、今度は左だ！」

木崎が麾下の五機に下令したとき、敵機の両翼に発射炎が閃き、無数の青白い曳痕が、ぶち撒けるような勢いで殺到した。

後方で湧き出した火焔を反射し、風防ガラスが赤く染まる。

「有島《ありしま》機、沢本《さわもと》機被弾！」

「一度に二機も……！」

米田の報告を受け、木崎は唇を嚙んだ。

撃墜されたのは、二中隊一小隊の二番機と二小隊の三番機だ。

「加賀」艦攻隊から預かった部下を失ったのでは、二中隊の指揮を委ねてくれた天谷飛行長に申し訳が立たない。


たった今、二機の九七艦攻を墜とした敵機は、右方へと抜けている。

二機とも機体を大きく倒し、急角度の旋回をかけている。

今一度の攻撃をかけるつもりだ。今度は、木崎自身がやられるかもしれない。

「二中隊、右に応戦！」

残り三機となった指揮下の艦攻に、木崎が大音声で下令したとき、敵一機が火を噴いた。

急角度の旋回をかけたところに、下腹から一連射を撃ち込まれ、炎と煙を引きずりながら、海面に落下した。

もう一機は機首を上向け、急上昇をかけている。

その後方から、たった今、敵一機を墜とした零戦が、フル・スロットルの爆音を轟かせて、追いすがってゆく。

それ以上、敵機の攻撃はない。木崎の二中隊は、二機を失ったものの、四機が健在だ。

前方で、敵艦隊の隊列が乱れた。

艦爆隊が、一足先に攻撃を開始したのだ。

「ありがたい」

木崎は、艦爆隊への感謝の言葉を呟いた。

艦爆隊の攻撃で敵の隊列が乱れれば、必然的に対空砲火の命中率が下がり、艦攻隊の攻撃がそれだけ容易になる。

前を行く第一中隊は、横一線に展開し、海面すれすれまで高度を下げている。

木崎も一中隊に倣い、高度を落とす。

歩兵の匍匐《ほふく》前進にも喩えられるほどの、超低空飛行だ。風に砕かれる波頭が、目の前に見える。

機体が波頭に接触し、海面に叩き付けられてもおかしくないが、木崎は操縦桿を微妙に調節しつつ、機体を操り続けた。

「中隊各機どうか？」

「全機、本機の左正横に展開！」

長瀬が答えた直後、前方に発射炎が閃いた。

第一中隊の前方に火焔が躍り、黒い爆煙が海面付近を漂った。

敵艦が、対空射撃を開始したのだ。

艦爆隊の攻撃を回避しながら撃っているためだろう、射撃精度は高いとは言えない。

一二・七センチ両用砲弾は、広範囲に散らばった状態で炸裂している。

それでも、第一中隊の至近で爆発する敵弾もあり、右、あるいは左に大きく煽られる機体が見えた。

第二中隊の近くでも、爆発が始まる。

一〇〇メートル以上離れた場所で炸裂する砲弾がある一方、近くで爆発する砲弾もあり、木崎は肝《きも》を冷やした。

「敵艦一隻に命中弾。火災発生！」

後席の長瀬が、歓声混じりに報告した。

急速転回する敵艦に、九九艦爆が二五番を直撃させたのだ。

「更に敵艦二隻に命中を確認！」

数秒の時を経て、長瀬が新たな報告を送る。

木崎は艦攻を操りつつ、顔を上げて前方を見る。

敵弾炸裂の炎や爆煙と共に、火災によるものと分かる黒煙が噴出する様が見える。

更にもう一隻の敵艦が、被弾炎上する。

敵艦四隻の撃破が、艦爆隊の戦果だ。

「今度は俺たちだな」

木崎は、前方の黒煙を見ながら呟いた。

その言葉に反応したかのように、前方から真っ赤な曳痕が飛んで来た。

敵艦が、対空機銃を撃ち始めたのだ。

情報によれば、米軍は駆逐艦にも四〇ミリの大口径機銃を装備している。

一発でも食らえば、九七艦攻であれ、九九艦爆であれ、ばらばらになる代物《しろもの》だ。

前方で、第一中隊の一機が火を噴く。

炎は瞬く間に機体全体を覆い尽くし、主翼や胴体の後ろ半分がちぎれ飛ぶ。

続いて、二機目が被弾する。

燃料タンクが引火爆発を起こしたのか、海面付近に巨大な火焰が湧き出し、九七艦攻の姿が瞬時に消滅する。

木崎は歯ぎしりをした。

九七艦攻は今の時点で、目一杯高度を下げている。これ以上下げれば、海面に突っ込むことになる。

一か八か、今の高度を保ち、突撃を続ける以外にない。

第一中隊は二機を失いながらも、「加賀」隊の先頭に立ち、突撃を続けている。

その向こう側に、敵駆逐艦の姿が何隻も見える。

艦上に発射炎を閃かせ、無数の射弾を飛ばして来る。

「木崎一番より二中隊。ちょい左」

木崎は、麾下の三機に指示を送った。

第三次攻撃隊の任務は、敵艦の撃沈破と共に、隊列を混乱させることだ。第一中隊とは別の目標を狙った方がよい。

木崎は操縦桿を僅かに左へと倒し、針路をずらす。

第一中隊が右に流れ、木崎機の正面に敵駆逐艦が来る。

他艦と同じように、猛射を浴びせて来る。

回避よりも、対空射撃を優先しているのだろう。

艦攻隊の目標が、戦艦にあると睨んでいるのかもしれない。

「生憎《あいにく》、目標は戦艦じゃないんだ」

木崎は、敵艦に向かって呟いた。

「目標はお前だ、駆逐艦！」

そう叫びながら、魚雷の投下レバーを引いた。

同時に操縦桿を前に押し込み、機体の上昇を防ぐ。

魚雷発射を終え、軽くなった九七艦攻だが、なお直進を続けている。

「二中隊全機、魚雷発射を確認！」

「敵の反対側に抜ける！」

報告した長瀬に、木崎は応えた。

敵駆逐艦は、慌てたように回避を始めている。

艦首を魚雷に正対させるべく、取舵を切っている。

木崎機が敵駆逐艦の艦首付近を通過したとき、後席から連射音が届いた。

米田が敵駆逐艦に向け、七・七ミリ旋回機銃を発射したのだ。

敵艦の右舷側に抜けた木崎機の前に、一回り大きな艦が現れる。

箱形の艦橋を持つ巡洋艦だ。

対空砲火は、駆逐艦以上に激しい。

艦橋や煙突の周囲から、無数の曳痕が殺到して来る。

「二中隊各機、どうか⁉」

「視界内に二機を確認！」

爆音や風切り音に負けじとばかりの大声で、長瀬が答える。

魚雷発射前に確認した二中隊の残存は、自機を含めて四機だ。

一機は対空砲火に墜とされたのか、あるいは敵弾の曳痕に遮られて視認できないのか。

できることなら後者であって欲しい。

木崎機は敵巡洋艦の艦首をかすめ、右舷側へと飛び出した。鋼鉄製の小山と見紛《みまが》うほどの巨艦が、目の前に出現した。

米軍の新鋭戦艦だ。

塔状の艦橋と二本の煙突が、艦の中央にそびえている。

主砲塔は四基。前部と後部に二基ずつだ。

木崎以下の三名は、米軍の最新鋭戦艦を、最も間近で目撃した帝国海軍軍人になったのだ。

これまで以上に凄まじい対空砲火が来るか、と思ったが、射撃は散発的だ。

大きさの割に、機銃の装備数が少ないように感じられた。

敵艦を観察している余裕はない。

木崎は敵戦艦の艦首をかすめ、右舷側へと抜けた。

左の水平旋回をかけると、敵の巡洋艦、駆逐艦が視界に入って来た。

何隻かが黒煙を噴き上げ、隊列が乱れている。

「作戦成功だ！」

木崎は快哉を叫んだ。

第三攻撃隊の急降下爆撃と雷撃が、敵の陣形を崩したのだ。

3

ＴＦ21の混乱は、戦艦「オレゴン」の艦橋からはっきり見えた。

第一七、一八《DF17、18》駆逐艦戦隊の駆逐艦三二隻のうち、ヴァルの急降下爆撃によって四隻が被弾炎上し、四隻がケイトの雷撃を受けて、行き足が止まっている。

被弾、被雷を免れた二四隻も、回避運動を行ったため、隊列が乱れ、ばらばらの状態だ。

第七、第一一《CD7、11》巡洋艦戦隊の重巡洋艦二隻、軽巡洋

艦四隻は、重巡「ウィチタ」が直撃弾一発を受けて火災を起こし、軽巡「コロンビア」が魚雷一本を受け、隊列から落伍している。

　他の四隻も、駆逐艦群と同様に回避運動を行ったため、陣形が崩れた状態だ。

　第七戦艦戦隊《BD7》の戦艦四隻――旗艦「オレゴン」とアラバマ級戦艦「アラバマ」「ニューハンプシャー」「メイン」だけは、緊密な単縦陣《たんじゅうじん》を維持しているが、TF21全体の隊列が大幅に乱れている状況下では、日本軍の巡洋艦、駆逐艦に肉薄雷撃を許す危険があった。

「艦長より電測。敵艦隊の動きはどうか？」

「オレゴン」艦長ジョフリー・ケント大佐は、電測長マーチン・ランドール少佐に聞いた。

　航空攻撃によって、TF21の隊列が大幅に乱れた今、日本艦隊にとっては、突入の好機であるはずだ。

「敵の水雷戦隊が七五度に変針。後続艦も順次変針の模様」

「やはり……」

　ランドールの答を受け、ケントは自身の推測が正しかったと悟った。

　日本艦隊は、航空攻撃で隊列をかき乱したところに、巡洋艦、駆逐艦を突入させ、肉薄雷撃を敢行するつもりなのだ。

「CICより艦長。主砲目標、敵巡洋艦」

　BD7司令官フランクリン・V・ヴァルケンバーグ少将が指示を送って来た。

　七月一九日の夜戦――合衆国の公称「トル島沖海戦」では、第二一・一《TG21・1》任務群を率い、「ナガト」「ムツ」撃沈の戦果を上げた指揮官だ。

「巡洋艦ですか？」

「敵の水雷戦隊は、CD7、11が叩く。BD7は敵巡洋艦を叩いて、CD7、11を援護する」

「アイアイサー。主砲目標、敵巡洋艦」

「艦長より砲術。目標、敵巡洋艦一、二番艦」

　ケントは復唱を返し、次いで砲術長マイケル・ローマン中佐に命じた。

トル島沖海戦で行ったように、一度に複数の目標を叩くのだ。

できることなら「アカギ」を撃ちたいが、三万六〇〇〇ヤードも遠方にいる戦艦を撃っても、砲弾の浪費にしかならない。

ＢＤ７の戦艦四隻に敵艦を近寄らせないことが、今は何より重要だ。

「アイアイサー。目標、敵巡洋艦一、二番艦」

ローマンが復唱を返したとき、

「敵機第二波、ＣＤ７、11を攻撃中！」

艦橋見張員が報告した。

ＣＤ７の重巡「インディアナポリス」に複数のヴァルが急降下をかけ、ＣＤ11のクリーブランド級軽巡三隻に、ケイトが突進している。

四隻の巡洋艦は、一二・七センチ両用砲と四〇ミリ機銃、二〇ミリ機銃を発射すると共に、懸命の回避運動を行っているが、ヴァルもケイトも執拗《しつよう》だ。

「インディアナポリス」の周囲に、至近弾落下の水柱が奔騰し、艦上に直撃弾炸裂の爆炎が躍る。

「クリーブランド」に向かっていたケイト一機が被弾し、空中をよろめく。

そのまま墜落するかと思いきや、逆に機首を上げ、「クリーブランド」に体当たりをかける。

魚雷を抱いたまま「クリーブランド」に突入したためだろう、艦上で大爆発が起こり、箱形の艦橋が一瞬で原形を失う。

赤黒い爆炎が艦上でのたうち、艦の中央部から後部が火災煙に包まれる。

「戦闘機隊は、何をやっている！」

ケントは上空を見上げて怒鳴《どな》った。

キンメル長官は日本艦隊との決戦に先立ち、

「トラックに残存する全戦闘機で、ＴＦ21の頭上を守る。ヴァルであれ、ケイトであれ、一機たりとも近寄らせせぬ」

と、全艦隊に宣言した。

キンメルの言葉は、前半だけは正しかった。

モエン島の飛行場から出撃した戦闘機隊は、TF21の頭上に張り付き、日本機をただ一機も通さぬかに見えた。

ところが戦闘機隊は、ジークに翻弄されている。

TF21は、何隻もの巡洋艦、駆逐艦が被弾・被雷し、隊列から落伍したことに加え、陣形を崩されているのだ。

日本の艦上機隊はそれほど強力なのか。あるいは戦闘機隊も、繰り返しての出撃で消耗が激しいのか。

「『デンバー』『モントピーリア』射撃開始。DF17、18射撃開始!」

艦橋見張員が状況を報告した。

航空攻撃を免れた巡洋艦、駆逐艦が、個別に砲撃を開始したのだ。

「デンバー」「モントピーリア」は、四基を装備する一五・二センチ三連装主砲を六秒置きに、片舷に四基を指向できる一二・七センチ連装両用砲を四秒置きに、それぞれ発射する。

「デンバー」「モントピーリア」だけではない。被弾した「インディアナポリス」も、二〇・三センチ三連装主砲を撃つ。

発射の度、艦上の火災炎が揺らめき、わだかまる黒煙が吹き飛ばされて、上部構造物が露わになる。

DF18のフレッチャー級駆逐艦は、一二・七センチ単装両用砲五基を四秒置きに撃ち、DF17のリヴァモア級駆逐艦、ベンソン級駆逐艦もフレッチャー級に倣う。

先頭切って突進して来る日本軍の軽巡洋艦、駆逐艦が艦上に発射炎を閃かせ、後続する重巡洋艦五隻も続く。

中口径砲の砲声が殷々《いんいん》と轟き、TF21の巡洋艦、駆逐艦の周囲に、弾着の水柱がそそり立つ。

フレッチャー級駆逐艦が二隻、続けざまに直撃弾を受けて火災を起こし、日本軍の軽巡に直撃弾の爆炎が躍る。

「ようやく艦隊戦らしくなって来やがった」

ケントは、僅かに唇を吊り上げた。

艦隊戦とは、軍艦同士で殴り合うものだ。航空機に手出しをさせるなど、無粋《ぶすい》の極みだ――と、腹の底で呟いた。

「砲術より艦橋。照準完了。交互撃ち方にて射撃開始します」

「オーケイ、撃《ファイア》て！」

ローマンの報告を受け、ケントは即座に命じた。

一拍置いて、前甲板から左舷側に向け、巨大な火焔がほとばしった。

第一砲塔の一、三番砲、第二砲塔の一番砲、合計三門の主砲が火を噴いたのだ。

艦橋からは直接視認できないが、このとき同時に、後部の第三、第四砲塔も射弾を放っている。

第三砲塔の一番砲と第四砲塔の一、三番砲による砲撃だ。

使用した主砲の数は、一四門中六門。

主砲の半数にも満たないが、砲声は強烈であり、発射の反動は艦橋を痺《しび》れるように震わせた。

「『アラバマ』射撃開始」

「『ニューハンプシャー』射撃開始」

「『メイン』射撃開始」

後部見張員が、僚艦の動きを報告する。

ニューヨーク条約明け後に合衆国が竣工させた新鋭戦艦の第一弾、アラバマ級三隻の砲撃だ。

「オレゴン」に比べればやや見劣《みおと》りするが、五〇口径四〇センチ主砲九門の火力は大きい。

合衆国と並ぶもう一つの海軍大国、イギリスにも、アラバマ級に匹敵する火力を持つ戦艦はない。

世界第一位と二位の戦艦は、合衆国海軍が独占しているのだ。

合衆国こそは、紛れもない世界最大の戦艦大国であり、世界最強の海軍国だ。

その誇りと威信《いしん》に懸けて、日本艦隊を叩き潰す。

戦艦四隻の咆哮は、世界に向けてそう宣言しているかのようだった。

「電測より艦橋。敵戦艦、針路七五度。速力、約三〇ノット！」

第一射の余韻《よいん》が収まったとき、ランドール電測長が報告を上げた。

「やる気になったか、『アカギ』」

ケントは、日本軍最大の戦艦に呼びかけた。

戦闘が始まったときには、「オレゴン」以下四隻の主砲を恐れたのだろう、「アカギ」以下の日本戦艦は、なかなか距離を詰めようとしなかった。

だがTF21の隊列は、航空攻撃によって混乱している。

彼らはここが勝負時と見て、突撃に転じたのだ。

「砲術より艦橋。目標を敵戦艦に変更しますか？」

「少し待て。司令官に指示を仰ぐ」

ローマンの問いに、ケントは答えた。

心情的には、すぐにでも「アカギ」を撃ちたいが、BD7司令部が指示した目標は巡洋艦だ。独断での目標変更は許されない。

この間に、「オレゴン」の第一射弾が着弾している。

「第一、第二砲塔の弾着位置、敵一番艦の左舷側海面。第三、第四砲塔の弾着位置、敵二番艦の左舷側海面」

艦橋に報告が上げられ、「オレゴン」の主砲は第二射を放つ。

目標は、第一射と同じだ。第一、第四砲塔は二、四番砲を、第二、第三砲塔は中央の二番砲を、それぞれ撃つ。

再び巨大な砲声が轟き、発射の反動を受けた艦橋が震える。

「艦長より司令官。敵戦艦接近中。目標変更の要有りと考えます」

「敵戦艦との砲戦距離は二万五〇〇〇ヤード。距離が詰まるまでの間に、敵巡洋艦を一掃する」

ヴァルケンバーグ司令官は即答した。ケントからの意見具申を、既に予期していたようだった。

「御馳走《ごちそう》は最後まで取っておけということか」

受話器を置きながら、ケントは呟いた。

遠距離砲戦で撃っても当たらない。距離が詰まるまでの間に、仕留めやすい目標を仕留めろというのが司令官の指示だ。

その意図は理解できるが――。

「艦長より砲術。敵戦艦との砲戦距離は二万五〇〇〇ヤード。距離が詰まるまでの間に、巡洋艦を片付ける」

ケントはローマンに指示を伝えた。

早く「アカギ」と戦いたいとの気持ちはあるが、遠距離砲戦で砲弾を浪費すれば、肝心なときに弾切れとなる恐れがある。

ここは、司令官の指示に従う他はない。

「アイアイサー。メインディッシュの前に、オードブルを片付けます」

ローマンが冗談交じりに復唱を返したとき、新たな報告が飛び込んだ。

「第二射、弾着！」

4

第一戦隊旗艦「赤城」の艦橋からは、第四、第五戦隊の苦境がはっきり見えた。

敵戦艦四隻の巨弾を撃ち込まれ、周囲に巨大な海水の柱が、繰り返し突き上がっている。

四戦隊の高雄型重巡も、五戦隊の妙高型重巡も、決して小さな艦ではない。全長は二〇〇メートル以上、全幅は二〇メートル以上、基準排水量は一万三〇〇〇トンを超えている。

その鋼鉄製の巨体が、嵐に巻き込まれた小舟のように翻弄されている。

今のところ、直撃弾はない。

だが、米戦艦の長砲身砲から発射された四〇センチ砲弾が、重巡に命中した場合の破壊力は、ルソン沖海戦で既に判明している。

　高雄型重巡の一番艦「高雄」が一瞬で消し飛び、轟沈したのだ。
　四、五戦隊の五隻も、直撃弾を受ければ、「高雄」と同じ運命を辿る。
「司令官、敵戦艦への砲撃許可を！　このままでは、四、五戦隊が全滅します！」

　有馬馨「赤城」艦長は、西村祥治第一戦隊司令官に強い語調で迫った。

　第一艦隊司令部から指示された砲戦距離は二五〇《フタゴマル》（二万五〇〇〇メートル）だが、味方の艦を見殺しにはできない。

　しかも「鳥海」は、第一艦隊の旗艦だ。

「分かった。『赤城』目標、敵一番艦。準備出来次第、砲撃始め！」

　西村は、落ち着いた声で下令した。

「艦長より砲術。目標、敵一番艦。準備出来次第、砲撃始め」

「目標、敵一番艦。準備出来次第、砲撃始めます」

　有馬の命令に、永橋為茂砲術長は弾んだ声で復唱を返した。その命令をお待ちしておりました——そんな感情がこもった声だった。

　西村は、通信室に詰めている通信参謀和地孝夫《わじたかお》少佐に、第三戦隊の三隻に命令を送るよう伝える。

「金剛」「榛名」「霧島」は、敵戦艦の二、三、四番艦を狙うのだ。

　金剛型戦艦の三五・六センチ主砲が、アラバマ級にどこまで通用するかは分からないが、敵の注意を引きつけることは可能なはずだ。

「測的完了。交互撃ち方にて、砲撃開始します」

　永橋から報告が届いた。

　直後、「赤城」の前甲板から右前方に向け、巨大な火焔がほとばしった。

　第一、第二砲塔の一番砲による砲撃だ。第四、第五砲塔は、敵を射界に収めていないため、沈黙を保っている。

二門だけとはいえ、四〇センチ砲の発射に伴う砲声と反動は、相変わらず強烈だ。空気そのものが熱い塊となり、顔面にぶつかって来るような気がする。

「お前の相手は、この『赤城』だ」

第一射の余韻が収まったところで、有馬は敵戦艦に向けて呟いた。

後方からも、砲声が届く。

「『金剛』『榛名』『霧島』撃ち方始めました」

後部見張員が、僚艦の動きを報告する。

四〇センチ砲弾二発、三五・六センチ砲弾六発が唸りを上げ、彼方の敵艦目がけて飛翔する。

「一〇秒経過……二〇秒経過……」

艦長付の西谷修《にしたにおさむ》一等水兵がストップウォッチを睨みながら、経過時間を報告する。

敵戦艦四隻は、依然第四、第五戦隊を撃ち続けている。直撃弾はまだないが、巨大な水柱が奔騰する度、重巡の巨体は、神隠《かみかく》しのように見えなくなる。

「赤城」の艦橋からは、轟沈と見紛うほどだ。

このまま砲撃が繰り返されれば、「轟沈」が現実になる。

（当たれ。当たってくれ。奴らの目をこちらに向けてくれ）

敵艦に向けて飛翔する二発の砲弾に、有馬は祈りを込めた。

「用意……だんちゃーく！」

西谷の報告と同時に、敵一番艦の左舷側海面に二本の水柱が突き上がった。

射弾が二発だけであるためか、噴き上がった海水が敵艦を隠すところまではいかない。艦首と艦尾が、水柱の前後に見えている。

それでも、「赤城」が敵一番艦を狙っていることは、はっきりと伝わったはずだ。

「観測機より受信。『全弾近』」

中野政知通信長が報告を上げる。

これより少し前に発進した零式観測機の通信だ。

「金剛」以下三隻の射弾も、次々と着弾した。

敵二番艦の左舷側海面に水柱が奔騰したかと思うと、三番艦の後方に「榛名」の射弾が落下する。

「霧島」は主砲の仰角を上げすぎたのだろう、全弾が目標を飛び越え、右舷側海面に水柱を噴き上げている。

「赤城」が第一、第二砲塔の二番砲で第二射を放つ。後方からも、「金剛」以下三隻の砲声が届く。

「艦長より砲術。敵一番艦との距離報せ」

「二八〇《フタハチマル》（二万八〇〇〇メートル）」

「まだ遠いな」

永橋の答を聞き、有馬は呟いた。

砲戦開始時に比べれば、かなり敵に接近したものの、必中を見込める距離ではない。

危険は大きいが、第一艦隊司令部が指示した二万五〇〇〇メートル以内に踏み込みたいところだ。

「赤城」以下の四隻は、自ら放った射弾を追うようにして、突進を続ける。

「用意……だんちゃーく！」

西谷が威勢のいい声で報告し、「赤城」の射弾が落下する。

今度は、敵一番艦の艦尾付近だ。

直撃していれば、舵か推進軸を破壊し、敵一番艦の動きを止められたかもしれない。紙一重《ひとえ》の差で大魚《たいぎょ》を逃がした、という気がした。

後続する三隻の射弾も、目標付近に落下する。

第一射同様、空振りに終わる。

至近弾となっている砲弾はあるが、直撃弾はない。四隻の戦艦は、八発の砲弾を海面に投げ込んだだけに終わったのだ。

「一戦隊、針路四五度！」

西村が、よく通る声で命令を発した。

「航海、針路四五度！」

「艦長より砲術、砲撃待て！」

有馬は、即座に宮尾次郎航海長と永橋に命じた。

西村の意図は、聞かずとも分かる。

現在の針路のままでは、前部の主砲しか使えないが、四五度に変針すれば、後部の主砲も敵を射界に捉えられる。

使用可能な砲を増やし、少しでも命中確率を高めるのだ。

「取舵一杯。針路四五度！」

「取舵一杯。針路四五度。宜候！」

宮尾の命令に、塩田平三操舵長が復唱を返す。

「赤城」は後方に三隻の戦艦を従え、しばし直進を続ける。

舵が利き、艦首が左に振られたとき、唐突にそれは起きた。

第四戦隊の隊列の中に、水柱と共に火焔が奔騰したのだ。

「『愛宕』被弾！」

艦橋見張員が、悲鳴のような声で叫んだ。

水柱が崩れ、「愛宕」の姿が露わになる。

この直前まで、旗艦「鳥海」の後方に付け、最大戦速で突撃していた高雄型重巡の二番艦は、黒煙を上げながら、艦首を海面上に大きく突き上げている。

艦の前半分には、損傷らしい損傷はない。三基の二〇・三センチ連装主砲も、城郭《じょうかく》を思わせる艦橋も、そのままだ。

ただ、艦の後部は既に海面下に没し、その周囲で海水が白く泡立ちながら渦を巻いている。

敵戦艦の四〇センチ砲弾は、「愛宕」の後部に命中し、艦の後ろ半分を爆砕したのだ。

（あれでは退艦できない）

有馬は、「愛宕」乗員が置かれている苦境を思った。

艦内は急坂《きゅうはん》と化し、何かに摑まらねば歩くことすら困難だ。この状態で、何人が艦外に脱出できるか。

沈みつつある「愛宕」の脇を、「摩耶」「那智」「羽黒」が通過する。

それらの艦にも敵戦艦の射弾が浴びせられ、周囲に水柱がそそり立つ。

「愛宕」の惨状を目の前で見せられたにも関わらず、

四隻の重巡は突撃を続ける。

およそ二〇秒置きに、艦上に砲煙が湧き出し、艦の後方へと流れる。

敵戦艦の巨弾を浴びながらも、敵の巡洋艦、駆逐艦を砲撃し、第二、第四水雷戦隊に突撃路を開かんとしているのだ。

「赤城」が回頭を終え、直進に戻った。

「砲術より艦橋。砲撃再開します」

「了解。『愛宕』の仇を討て！」

永橋の報告を受け、有馬はけしかけるような命令を発した。

艦の右舷前方に向け、真っ赤な発射炎がほとばしり、砲声が艦橋を包んだ。

第一、第二砲塔だけではなく、敵を射界に捉えた後部の主砲塔二基も砲撃に加わったのだ。

艦の後方からも、砲声が届く。

「金剛」以下、三隻の砲撃だ。

敵戦艦の砲撃目標に変化はない。

「赤城」以下四隻の動きなど、眼中《がんちゅう》にないような動きだ。

（こっちを向け、米戦艦）

胸中で、有馬は敵に呼びかけた。

第三射弾の弾着よりも早く、第五戦隊の「那智」が、敵弾落下の水柱に包まれた。

「いかん！」

有馬が叫び声を上げたとき、水柱が崩れ、火柱が取って代わった。一〇秒ほどの間を置いて、雷鳴《らいめい》のような炸裂音が伝わった。

「那智」は一瞬で行き足を止められ、後ろ半分が炎に包まれている。

火災煙に混じり、水蒸気の噴出が認められる。被害は、缶室にまで及んでいるのかもしれない。

二度目の爆発が起こり、「那智」の火災炎が左右に大きく広がった。主砲弾火薬庫か魚雷が誘爆を起こしたのかもしれない。

「あれでは助からん……」

その声が、有馬の口から漏れた。

重巡の犠牲は、これで二隻目だ。ニューオーリンズ級、ポートランド級といった重巡が相手なら互角に戦える高雄型、妙高型だが、戦艦の大口径主砲の前では、一撃で沈められてしまうのだ。

五日前、「長門」「陸奥」の最期を目の当たりにしたときの衝撃が甦《よみがえ》ったような気がした。

「だんちゃーく！」

西谷一水の声で、有馬は我に返った。

敵一番艦の周囲に水柱が噴き上がり、しばしその姿を隠している。

「もしや……」

期待を込めて、有馬は呟いた。

米軍の新鋭戦艦が、この一撃で轟沈するなどと楽観したわけではない。

命中弾を得られたのでは、と思ったのだ。

水柱が崩れ、敵一番艦が姿を現した。

その後部から噴出する黒煙が、はっきりと認められた。

「よし！」

有馬は、満足の声を上げた。

「赤城」は、第三射で命中弾を得た。敵一番艦に対し、先制の一撃を浴びせたのだ。

「敵四番艦に火災！」

艦橋見張員が、弾んだ声で報告した。

有馬は、敵四番艦に双眼鏡を向けた。

一番艦同様、後部に黒煙をなびかせている。

「よくやった！」

司令官席の西村も、満足の声を上げた。

四番艦を目標としていたのは、隊列の最後尾にいた「霧島」だ。「赤城」「霧島」の二艦が、続けて命中弾を得たのだ。

「砲術より艦長。次より斉射」

「了解！」

永橋の報告に、有馬は即答した。

「赤城」の四〇センチ砲弾では、米新鋭戦艦の主要防御区画は貫通できない。そのことは、七月一九日の夜戦ではっきりしている。

だが、艦の上部に命中すれば、火力を減殺することは可能だ。

「赤城」の砲撃で弱体化させたところに、巡洋艦、駆逐艦が雷撃を敢行すれば、強力無比の新鋭戦艦といえども撃沈できる。

「赤城」の前甲板から、これまでに倍する巨大な火焔がほとばしった。

発射の反動を受けた艦体が、僅かに左舷側へと傾斜し、右舷側の海面が大きく凹んだ。

足下に落雷したような砲声が、艦橋を包む。

連装四基八門の四〇センチ主砲が、この日最初の斉射を放ったのだ。

「後部見張りより艦橋。『霧島』斉射！」

後方から届いた砲声と共に、僚艦の動きが報される。

「金剛」「榛名」は、まだ命中弾を得ていないが、乗員の技量は「霧島」と同等だ。間もなく命中弾を得、斉射に移行できるはずだ。

「どうする、米軍？」

有馬は、敵戦艦に呼びかけた。

目標を戦艦に変更するか。あるいは、この状況でなお巡洋艦への砲撃に固執《こしつ》するか。

敵一番艦の艦上に発射炎が閃き、火災煙が吹き飛ばされた。二番艦以降の三隻も、順次主砲を発射した。

（来る！）

有馬はそう直感した。

発射炎を見ただけでは、敵の目標は分からないが、「赤城」の艦長を二年以上務め、最前線で敵と砲火を交えた経験が、有馬にそう伝えていた。

弾着は、「赤城」の方が早い。

多数の水柱が敵一番艦を包み、次いで崩れる。

水柱の向こうから姿を現した敵一番艦は、新たな打撃を受けたようには見えない。

火災煙の量は変わらず、速度も衰えていない。

「観測機より受信。『命中弾二』」

中野政知通信長が報告を送って来る。

(主要防御区画に当たったか)

有馬は、そのように推察している。

「赤城」の射弾は、確かに敵艦を捉えたが、分厚い装甲鈑に撥ね返された。五日前の夜戦と同じことが起きたのだ。

このときには、敵弾の飛翔音が「赤城」に迫っている。

「来た!」

有馬が叫んだとき、「赤城」の右舷側海面が大きく盛り上がり、巨大な海水の壁が出現した。

艦底部から突き上げる爆圧が、艦橋にまで伝わった。

「『金剛』の右舷至近に弾着!」

「『榛名』に至近弾一!」

「『霧島』に至近弾二!」


後部見張員が報告を上げる。

「赤城」以下の四隻は、敵戦艦四隻の注意を引きつけることに成功した。四、五戦隊の残存三隻は、轟沈の運命を免れた。

それは同時に、「赤城」以下の四隻を危険にさらすことでもあったが――。

「これでいい」

西村が、はっきりした声で言った。

相手がどれほど強力だろうと、戦艦の相手は戦艦だ。我が隊は、戦艦の責務を果たしているだけだ
――そんな意が込められた一言だった。

「赤城」は、敵一番艦に第二斉射を放つ。

再び八門の主砲が咆哮し、鋼鉄製の巨体が反動に震える。「金剛」以下の三隻も、遅れてはならじと三五・六センチ主砲の咆哮を轟かせる。

(第三砲塔を失っていなければな)

有馬には、そんな悔恨《かいこん》がある。

「赤城」は元々、四〇センチ連装砲塔五基を装備し

ており、帝国海軍最強の火力を誇ったが、サイパン沖海戦でレキシントン級巡戦と撃ち合ったとき、第三砲塔を破壊された。

修理の際、主砲塔を修復するという話もあったが、時間と予算がかかり過ぎることから、第三砲塔の跡には高角砲を装備し、対空火力を強化すると決定されたのだ。

主砲塔五基が健在なら、一斉射当たりの命中弾数を増やすことができ、米軍の新鋭戦艦により大きな打撃を与え得たかもしれない。

日本側の第二斉射弾が着弾した。

敵戦艦四隻の周囲に、続けざまに水柱が奔騰し、崩れた。

敵一番艦の火災煙が拡大しており、二、三番艦も、黒煙を引きずっている。

「司令官！」

「うむ！」

是永俊雄首席参謀の声に、西村は満足げに頷いた。

「金剛」「榛名」も直撃弾を得たのだ。「赤城」以下の四隻は、全艦が斉射に移行できる。

敵戦艦の第二射弾が、轟音と共に飛来した。

飛翔音が「赤城」の頭上を通過し、左舷側海面に水柱が奔騰した。

後続する三隻の周囲にも、敵弾が落下する。

至近弾はあっても、直撃弾はない。

日本側の戦艦は、四隻が健在だ。

「赤城」が、通算三度目の斉射を放った。

巨大な砲声がみたび轟き、鋼鉄製の艦体が武者震《むしゃぶる》いのように震えた。

「『金剛』『榛名』『霧島』斉射！」

後方から伝わる砲声に、後部見張員の報告が被さる。

日本側の戦艦四隻は、全艦が斉射を放った。合計三二発の巨弾が、敵艦目がけて飛翔したのだ。

敵戦艦の艦上にも、新たな発射炎が閃いた。

爆風が火災煙を吹き飛ばし、束の間、上部が露わになった。

彼我の巨弾が上空で交錯する。

日本側の射弾が先に落下し、敵戦艦の周囲に次々と水柱が奔騰する。

「観測機より受信。『敵一番艦ニ命中弾二』」

水柱が崩れると同時に、中野が報告を上げる。

「赤城」の射弾のうち、一発は敵一番艦の艦首に命中したようだ。噴出する黒煙が、前部の主砲塔や艦橋下部を隠している。

敵の二、三、四番艦に与えた打撃ははっきりしない。どの艦にも、一発乃至二発の三五・六センチ砲弾が命中したと推測されるが、火災煙が拡大している様子はない。

「頑丈な奴だ」

西村が発した唸り声に、敵弾の飛翔音が重なった。

巨大なものが、頭上から迫っている。

(かわせ、『赤城』。かわせ)

有馬が艦に呼びかけたとき、飛翔音は艦の後方に抜けた。

水中爆発の炸裂音が後方から伝わり、艦尾が僅かに突き上げられる。

敵一番艦の射弾は、全弾が後方に落下したのだ。

安堵する間もなく、艦の後方から、炸裂音が伝わった。一度だけではない。二度、三度と連続した。

「後部見張りより艦橋。『金剛』『榛名』被弾。火災発生！」

「……！」

報告を受け、有馬は思わずよろめいた。

敵は、撃たれっぱなしではいなかった。一度に、二隻に命中させたのだ。

「金剛」「榛名」の仇だ、と言わんばかりに、「赤城」は第四斉射を放った。

後方からも砲声が届く。「金剛」「榛名」は被弾したものの、戦闘力は失っていないようだ。

敵戦艦四隻も、射弾を放つ。二、三番艦は斉射に移行したのだろう、一際《ひときわ》発射炎が大きい。

「赤城」の射弾が、最初に落下した。奔騰する水柱が敵一番艦を隠し、次いで崩れた。

敵一番艦は、依然海上に姿を留めている。火災煙は認められるものの、弱った様子はない。

「不死身《ふじみ》か、奴は……！」

有馬が叫び声を上げたとき、敵弾の飛翔音が届いた。

弾着の瞬間、至近弾の爆圧とは異なる衝撃が「赤城」を襲った。

鋼鉄製の艦体が金属的な叫喚《きょうかん》を発し、艦全体が熱病の発作《ほっさ》のように震えた。

「喰らったか……！」

有馬は、自分自身が被弾したように感じた。

ここまで被弾を免れてきた「赤城」だったが、遂に敵戦艦の四〇センチ砲弾をまともに喰らったのだ。

艦の後方から、爆発音が連続して届く。

何ともおどろおどろしい、破局《はきょく》を予感させる音だ。

「『金剛』大火災！」

「『榛名』速力低下。落伍します！」

「『霧島』被弾。火災発生！」

後部見張員の報告を、有馬は悪夢を見る思いで聞いた。

先に直撃弾を得たときには、日本側が優位に立ったと思ったが、それは僅かな時間に過ぎなかった。

五〇口径四〇センチ砲を装備する戦艦と、四五口径四〇センチ砲や三五・六センチ砲しか持たない戦艦の差か。あるいは、新鋭戦艦と旧式戦艦の差というべきか。

「艦長、しっかりしろ！」

西村が浴びせた叱声《しっせい》で、有馬は我に返った。

部下の「赤城」乗員は、各々の持ち場を守り、戦い続けているのだ。

艦長の自分が戦意を喪失するなど、許されない。

「副長より艦長。飛行甲板に被弾。射出機、揚収《ようしゅう》機損傷！」

「了解！」

被害状況報告を受け、有馬は闘志を奮い起こした。

「赤城」は、まだ致命傷を受けたわけではない。主砲が一門でも健在なら、勝つ機会は残っている。

その闘志が艦に乗り移ったかのように、「赤城」は新たな咆哮を上げた。

敵一番艦に向けて放った、通算五回目の斉射だ。

命ある限り戦う。俺も、「赤城」も——その決意を抱きつつ、有馬は弾着の瞬間を待った。

5

「貴様らの目論見は外れたぞ、ジャップ」

合衆国戦艦「オレゴン」のジョフリー・ケント艦長は、四隻の日本戦艦に、その言葉を投げかけた。

日本軍の作戦は、部分的には成功した。

TF21隷下の巡洋艦、駆逐艦は、航空攻撃によって陣形を崩されただけではなく、急降下爆撃、雷撃によって、何隻もの艦が落伍した。

だが、BD7の戦艦四隻は陣形を崩されることなく、巨砲を振るって日本艦隊を迎え撃った。

サウス・ダコタ級戦艦に採用されて以来、合衆国戦艦の標準となっている五〇口径四〇センチ主砲は、圧倒的な破壊力を発揮し、日本軍の重巡二隻を粉砕し、コンゴウ・タイプの戦艦四隻を撃破した。

敵戦艦の五番艦が最初に落伍し、二番艦は大火災を起こして隊列から離れ、三番艦は機関部を損傷したのか、速力が大幅に低下している。

四番艦も、BD7の四番艦「メイン」によって直撃弾を受け、後部で火災を起こしている。

残るは「アカギ」だけだ。

五日前の夜戦で「ナガト」「ムツ」と共に葬り去るはずだったが、足の速さを活かして逃げられてしまった艦だ。

今度こそ、逃がしはしない。「ナガト」「ムツ」の後を追わせてやる。

「アカギ」の第五斉射弾が、轟音と共に飛来する。

八発の四〇センチ砲弾は「オレゴン」を挟叉《きょうさ》し、艦の左右両舷に、赤い染料で着色された水柱が噴き上がる。

衝撃音が二度、艦橋に伝わるが、炸裂音はない。

「敵弾、左舷中央に命中」

ダメージ・コントロール・チームのチーフであるリチャード・サイクス中佐が報告する。

被弾の報告だけであり、被害状況報告はない。

「オレゴン」の主要防御区画に張り巡らされた分厚い装甲鈑が、「アカギ」の四五口径四〇センチ主砲から発射された敵弾を撥ね返したのだ。

「貴様の主砲では、本艦は斃せぬ」

ケントは「アカギ」に呼びかけた。

ここまでの戦闘で、「オレゴン」は八発の四〇センチ砲弾を被弾している。

艦首の非装甲部、左舷中央の上甲板、飛行甲板への命中弾は火災を発生させたが、それら以外の部位には貫通を許していない。

艦中央の主要防御区画や主砲の正面防楯《ぼうじゅん》は、「オレゴン」自身が装備する五〇口径四〇センチ砲から発射された、高初速の四〇センチ砲弾が直撃しても耐えられるのだ。

「アカギ」の四五口径四〇センチ砲では、砲口を装甲鈑に押し当てて発射するのでもない限り、貫通されることはない。

一対一の撃ち合いなら、最初から勝負は決まっていたと言える。

「斉射に移行します」

「オーケイ!」

マイケル・ローマン砲術長の報告を受け、ケントは即答した。

「一撃で決めろよ、マイケル」

と、口中で呟いた。

「アカギ」は憎い敵だが、敵をなぶる趣味はない。

斉射一度で止めを刺してやるのは、せめてもの情けだ。

艦の左舷側に向け、巨大な火焔がほとばしった。

三連装と四連装各二基、合計一四門の五〇口径四〇センチ主砲の斉射だ。

発射の瞬間、他の全ての音が消え去り、艦橋の中が砲声で満たされた。

全長二九六メートル、全幅三八メートルの艦体が、僅かに右舷側へと傾いだ。

「オレゴン」は基準排水量六万六〇〇〇トン。合衆国の全軍艦中、最大の重量を誇る。

四〇センチ主砲一四門をいちどきに発射したときの反動は、その「オレゴン」の巨体をも傾かせるほどの力を持っていた。

「敵二番艦、火災拡大。主砲、沈黙した模様」

「敵三番艦、行き足止まりました」

「敵四番艦、速力低下。落伍しつつあり」

弾着を待つ間、艦橋見張員が状況を伝えて来る。

後続するアラバマ級戦艦三隻が、「アカギ」の後方にいたコンゴウ・タイプ三隻を叩きのめしたのだ。

「コンゴウ・タイプが、アラバマ級に勝てるものか」

ケントは、日本艦隊にその言葉を投げかけた。

コンゴウ・タイプは、火力、防御力がアラバマ級より劣るだけではない。日本海軍の戦艦の中では最《さい》古参《こさん》であり、各部署の老朽化も進んでいる。

大艦巨砲主義を採用し、戦艦の強さを追求してきた合衆国海軍の新鋭戦艦に、四半世紀も前に建造された旧式戦艦がかなう道理がなかったのだ。

後方から、新たな砲声が届いた。

『アラバマ』射撃再開。『ニューハンプシャー』『メイン』射撃再開」

「余計なことを」

後部指揮所からの報告を受け、ケントは舌打ちした。

「アラバマ」以下の各艦が、「アカギ」に砲門を向けたと思ったのだ。

戦闘開始の前から、「アカギ」は「オレゴン」の獲物《えもの》だと決めていた。

その望みが今一息でかなうときになって、他の艦と功績を分け合う気にはなれない。

「アラバマ」以下の三隻に、「手出し無用」と通信を送ってやろうか、と思ったが――。

「電測より艦橋。敵水雷戦隊、突入して来ます！」

「CICより艦橋。主砲目標を敵水雷戦隊に変更しろ！」

ランドール電測長の報告とヴァルケンバーグ司令官の命令を受け、ケントは自身の考え違いを悟った。

「アラバマ」以下三隻の射撃目標は、「アカギ」ではなく、敵駆逐艦だ。

敵の水雷戦隊は、TF21の陣形が乱れた隙《すき》を衝いて、BD7に雷撃を敢行しようとしているのだ。

「艦長より砲術。目標を敵水雷戦隊に変更！」

ケントはローマンに指示を送った。

軽巡や駆逐艦の阻止には、主砲よりも両用砲が有効だが、「オレゴン」が装備する一二・七センチ両用砲は、五日前の砲戦と、この日の「アカギ」との撃ち合いで、あらかた破壊されている。

艦首を魚雷に正対させ、雷撃を回避する道もあるが、その場合「オレゴン」の速力は大幅に低下し、「アカギ」から多数の直撃弾を受ける危険がある。

主砲による砲撃が得策だ。

「全主砲ですか？　主砲の半数ではなく？」

「全主砲だ。本艦の安全を最優先する」

ローマンの問いに、ケントは即答した。

「オレゴン」の主砲は、複数の目標を同時に砲撃できる。

主砲の半分はこのまま「アカギ」に向け、敵水雷戦隊は残る半分で砲撃してはどうか、とローマンは考えたのだろう。

だが、雷撃を受けるようなことがあれば、「オレゴン」といえども無事では済まない。

一撃で沈没、あるいは航行不能になることはなくても、射撃精度の低下は免れない。

まず雷撃を阻止し、その後「アカギ」に止めを刺すのだ。

「アイアイサー。目標、敵水雷戦隊。全主砲を使用します」

ローマンが復唱を返し、「オレゴン」の主砲が左に旋回した。

砲身の仰角が大きく下げられ、敵の軽巡、駆逐艦に狙いを定める。

その間にも、「アカギ」から「オレゴン」への砲撃は継続されている。

およそ四〇秒置きに八発の四〇センチ砲弾が飛来し、「オレゴン」の左右両舷付近に多数の水柱が奔騰する。

赤く着色された水柱が、艦を囲む様は、しばし赤い闇に周囲を閉ざされたかのようだ。

弾着の度、一発か二発が命中し、炸裂音や金属的な打撃音が響く。

艦中央部の主要防御区画や主砲塔の正面防楯に命中した敵弾は、「オレゴン」の分厚い装甲鈑が撥ね返すが、艦首、艦尾の非装甲部や上甲板は損傷を免れない。

「照準完了。射撃開始します」

弾着の狂騒の中、ローマンが報告した。

直後、雷鳴のような砲声が轟き、「オレゴン」の巨体は僅かに右へと傾いだ。

五〇口径四〇センチ主砲一四門の斉射だ。

ただし、相手は「アカギ」ではなく、軽巡と駆逐艦だ。

「アカギ」の五分の一から一〇分の一程度の排水量しか持たぬ中・小型艦目がけ、音速の倍以上の初速で放たれた重量一トンの巨弾が、大気を貫いて飛翔する。

「オレゴン」だけではない。

一足先に、敵水雷戦隊への応戦を開始した「アラバマ」「ニューハンプシャー」「メイン」からも、三艦合計二七発の四〇センチ砲弾が放たれている。

四〇センチ砲弾は、浅い角度で海面に突っ込み、大量の飛沫を噴き上げる。

　三五ノット以上の高速で突進して来る軽巡と駆逐艦の面前に、大量の海水が、摑みかかるように降り注ぐ。

　先頭を行く軽巡に一発が直撃したらしく、巨大な火焔が上がった。

　炎は、海中に吸い込まれるような格好で急速に消し止められ、軽巡の姿も消えた。

　文字通り、消し飛んだのだ。

　続いて、駆逐艦二隻が弾着の飛沫に包まれる。

　飛沫の中、火焔が躍る様が見え、駆逐艦の姿が消失する。

「これでは、戦闘ではないな。虐殺《ぎゃくさつ》だ」

　ケントはかぶりを振った。

　長砲身四〇センチ砲は、軽巡や駆逐艦には威力が大きすぎる。人間が蟻《あり》を踏み潰すのと、ほとんど変わらない。

　相手が、戦艦を沈め得る強力な武器――魚雷を持つ以上、容赦は不要だが、巨弾に粉砕されてゆく敵艦のクルーに、ケントは多少の同情を感じていた。

「対空レーダーに反応。左正横上空に敵機！」

　不意に、ランドールから泡を食ったような報告が届いた。

「敵機だと⁉」

　ケントは反射的に聞き返した。

　空襲は、終わりではなかったのか。ジャップは、まだ機体を残していたのか――そんな疑問が脳裏を駆け巡った。

「ヴァル、『アラバマ』に急降下！」

「ケイト、『メイン』に接近！」

　後部見張員が叫び声を上げる。

「オレゴン」の艦橋からは死角になるため、後続艦は直接視認できない。

　ケントとしては、各艦が空襲を切り抜けてくれるよう祈るだけだ。

「電測より艦橋。敵水雷戦隊、二四〇度に変針！」

「いかん！」

ランドールの新たな報告を受け、ケントはＢＤ7が危険な状況に置かれていることを悟った。

日本軍の水雷戦隊は、「オレゴン」を含む四隻に魚雷を放ったのだ。

日本軍の魚雷が、雷速、航続性能、炸薬量の全てにおいて、合衆国軍の魚雷を大きく凌駕《りょうが》することは、過去の戦闘から判明している。

しかも、航跡をほとんど残さず、昼間であっても発見が困難だ。

その魚雷が多数、戦艦四隻の艦底部を食い破るべく、海面下を突進して来る。

「取舵一杯。針路二四〇度！」

ケントは、大音声で命じた。

舵を切れば、速力の大幅な低下を招き、被弾確率が上がるが、魚雷を喰らうよりはました。

「アイアイサー。取舵一杯。針路二四〇度！」

航海長ロナルド・ライズ中佐が復唱を返し、操舵室に指示を送る。

舵が利くのを待つ間に、後方から炸裂音が続けざまに届く。

「『アラバマ』二発被弾！」

「『ニューハンプシャー』二発被弾！」

「『メイン』の左舷艦首に水柱確認。魚雷が命中した模様！」

後部見張員が、僚艦の被害状況を報告する。

先の報告にあった航空攻撃だ。

「対艦、対空の同時戦闘が、これほど厄介《やっかい》なものだとは……」

ケントは、呻き声を発した。

元々合衆国海軍では、水上砲戦と対空戦闘を同時に行うような事態は想定していない。

合衆国海軍に限らず、世界のどの国の海軍も同様であろう。

キンメル提督もそれを承知していたから、多数の戦闘機でＴＦ21の頭上を守ろうとした。

だが、日本機の攻撃力は、合衆国側の予想を超えていたのだ。

「オレゴン」の舵が利き始め、艦首が左に振られた。後方に位置していた「アラバマ」以下の三隻が、視界に入り始めた。

「アラバマ」「ニューハンプシャー」の艦上からは黒煙が立ち上り、「メイン」は速力を大きく低下させている。

ケントを驚かせたのは、三隻とも魚雷回避の動きを見せていないことだ。

敵水雷戦隊が雷撃を諦め、離脱したと判断したのか。あるいは航空攻撃への対処に忙殺《ぼうさつ》され、回頭を命じていないのか。

「艦長よりCIC。『アラバマ』以下の三隻に変針を命じて下さい。このままでは被雷します！」

「もう命じた。応答がないんだ！」

ケントの具申に、ヴァルケンバーグは怒鳴るような声で返した。

「『アラバマ』『ニューハンプシャー』『メイン』に信号！　『二四〇度ニ変針サレタシ』」

ケントは、信号長のジョージ・エリクソン兵曹長に命じた。

三隻が、これまでの被弾で通信アンテナを損傷した可能性を考えたのだ。

「オレゴン」から後続の三艦に信号が送られる。

「オレゴン」への返信はない。

信号が届いているのかどうかも分からない。

「神よ《マイ・ゴッド》……！」

ケントが絶望の声を発したとき、「アラバマ」の艦首付近に、明らかに魚雷命中のそれと分かる巨大な水柱がそそり立った。

「アラバマ」だけではない。

「ニューハンプシャー」「メイン」の艦腹にも、続けざまに水柱が奔騰する。

ケントの目には、被雷の度、三隻の戦艦が震えるように見えた。

合衆国海軍が誇る新鋭戦艦が、下腹を大きく抉られる激痛に、苦悶しているようだった。

「オレゴン」の被雷はない。魚雷に艦首を正対させたことが奏功《そうこう》したようだ。

ケントはローマンに命じた。

「艦長より砲術。砲撃再開。合衆国戦艦部隊の名誉に懸けて、『アカギ』だけは仕留める！」

6

「こちらは一隻、向こうも一隻か」

有馬馨「赤城」艦長は、米戦艦部隊の隊列を見据えて呟いた。

日本側は、金剛型戦艦四隻全てを戦列から失ったが、米側も、アラバマ級戦艦三隻が被雷によって落伍した。

「赤城」は、米軍最強の戦艦と一対一で対決することになったのだ。

「四艦隊司令部宛、打電せよ。『深謝《シンシャ》ス』と」

西村祥治第一戦隊司令官は通信室に艦内電話をかけ、和地孝夫通信参謀に命じている。

先にアラバマ級戦艦三隻を攻撃したのは、第四艦隊から飛来した攻撃隊だった。

第四艦隊はこの日、〈ロ〉の呼称を付された敵機動部隊への攻撃によって、艦上機を多数消耗した。

だが角田四艦隊長官は、出撃可能な全機を第一艦隊の支援に出撃させたのだ。

戦場に飛来したのは、艦戦、艦爆、艦攻を合わせて五〇機程度。翔鶴型空母の一隻分にも満たない。

だが、その五〇機が決定的な役割を果たした。

艦上機と二、四水戦の協同攻撃によって、米新鋭戦艦三隻を撃破したのだ。

（鉄砲屋の血が騒いだのかもしれぬな）

そんなことを、有馬は想像している。

角田は、元々砲術の専門家だ。戦艦同士の砲戦を安全な後方から見守っているだけというのは、耐え難かったのではないか。

第四艦隊にも可能な支援を、と考え、残存する艦上機を出撃させたのかもしれない。

有馬の想像通りなら、角田の鉄砲屋の血が、「赤城」を窮地《きゅうち》から救ったことになる。

（いや、まだだ）

有馬は思い直した。

「赤城」は、窮地から脱したわけではない。

これまでに実施した斉射は一九回を数え、命中弾数は交互撃ち方時のものを含め、二四発と見積もられている。

にも関わらず、敵一番艦は戦闘力を失っていない。

艦の中央部から後ろに火災煙を引きずっていても、速力が衰えることはなく、主砲塔も使用可能なのだ。

ただ一隻で「長門」「陸奥」を葬り去った敵と、「赤城」は雌雄《しゆう》を決さなければならない。

「赤城」は、敵一番艦に対する通算二〇回目の斉射を放った。

八門の四〇センチ主砲が咆哮し、反動を受けた艦体が痺れるように震えた。

八発の巨弾が、敵一番艦に殺到する。

弾着観測用の染料で着色された赤い水柱が奔騰し、敵一番艦の姿を隠す。

「赤城」の斉射弾は、目標を完全に挟叉しており、観測機は「命中弾一」と、報告を送って来る。

「今度はどうだ？」

有馬が呟いたとき、水柱が崩れ、敵一番艦の姿が露わになった。

敵艦には、僅かに変化が認められる。

中央付近から噴出する火災煙が、減少しているのだ。

鎮火《ちんか》に成功しつつあるのかもしれない。

「赤城」は、通算二一回目の斉射を放った。

発射の度、右舷側目がけて真っ赤な発射炎がほとばしり、鋼鉄製の艦体が武者震いのように震える。

砲声は他の全ての音をかき消し、周囲の海面に殷々と谺する。

「赤城」は斉射に移行して以来、これを二〇回以上繰り返したのだ。

にも関わらず、敵の新鋭戦艦は戦闘力を維持しており、速力の低下もない。

戦艦というより、不死身の怪物と戦っているような気がする。

(奴も、同じ人間が建造した船だ。打撃が積み重なれば、動けなくなるときが来るはずだ)

有馬は自身に言い聞かせたが、敵艦の底知れぬ頑《がん》健《けん》さを前にしては、あまり説得力がなかった。

「電測より艦橋。敵艦、面舵!」

小出俊二電測長が、新たな報告を上げた。

敵一番艦は、二水戦、四水戦の雷撃を回避するため、二四〇度に変針した。

その結果、「赤城」とは反航戦の形になっている。

敵は面舵を切ることで、同航戦に持ち込もうとしているのだ。

回頭中の敵艦に、「赤城」の斉射弾が降り注ぐ。

多数の水柱の中、敵艦が大きく艦首を振る様は、無数の銛《もり》を打ち込まれて荒れ狂う巨鯨《きょげい》を思わせる。

通信室を通じ、観測機が「命中弾一」の報告を送って来る。

それ以上の報告はない。

命中弾は得られたものの、打撃は与えられなかったようだ。

「電測より艦橋。回頭後の敵艦は本艦の右一二〇度、二二〇《フタフタマル》(二万二〇〇〇メートル)。敵針路四五度」

小出が、電探に映った敵の相対位置や針路を報告する。

敵艦の針路は「赤城」と同じだ。敵は「赤城」の右後方に占位し、同航戦の態勢を取っている。

「艦長、敵との距離を詰めろ」

西村が、意を決したように命じた。

「今の距離で撃ち合っても、決定打を与えることはできない。思い切って距離を詰め、主砲弾の装甲貫徹力を上げるんだ」

それは危険です——との言葉を、有馬は途中で呑み込んだ。

二一回の斉射が、敵艦に致命傷を与えられていないのは事実だ。現在の距離では、弾切れになるまで砲撃を繰り返しても、敵を沈めることはできない。

状況を打開するには、司令官の命令に従い、敵との距離を詰めることだ。

「航海、面舵一五度。六〇度に変針する」

有馬は、宮尾次郎航海長に命じた。

回頭時の角度を大きめに取ると、直進に戻るまでの時間が長くなり、被弾確率が上がる。

小刻みに変針し、敵との距離を段階的に詰めようと有馬は考えたのだ。

「面舵一五度。針路六〇度！」

宮尾が復唱を返し、操舵室に指示を送った直後、敵戦艦の艦上に発射炎が閃いた。

わだかまる黒煙が吹き飛ばされ、艦の姿が露わになった。

上部構造物にも、相当数の四〇センチ砲弾が命中しているはずだが、艦形に大きな変化はない。

前部と後部に背負い式に配置された主砲塔も、米軍の新鋭戦艦を特徴付ける塔状の艦橋も、その後方に屹立する二本の煙突もそのままだ。

敵弾が迫る中、「赤城」は直進を続けている。

飛翔音が急速に拡大する。

「斉射か！」

音量がこれまでとは異なることに気づき、有馬は叫んだ。

米軍の新鋭戦艦は弾着修正用の交互撃ち方を止め、斉射に移行したのだ。

「総員、衝撃に備えよ！」

有馬が全乗員に命じたとき、轟音が「赤城」全体を包み、艦の左舷側へと抜けた。

弾着の瞬間、左舷側に多数の水柱が奔騰し、「赤城」は大きく右に傾いた。艦が横転するのではないかと錯覚するほど、右舷側の海面が近くに見えた。

敵の斉射弾のうち、何発かが至近弾となり、爆圧が左舷側の艦底部を突き上げたのだ。

至近弾に後押しされたかのように、「赤城」が右に艦首を振る。

角度が小さいため、転舵の時間はごく短い。艦は、すぐに直進に戻る。

「艦長より機関長。両舷前進全速！」

回頭に伴い、低下した速力を取り戻すべく、有馬は堀江茂機関長に命じる。

「両舷前進全速、宜候！」

堀江が復唱を返し、艦底部から機関の鼓動《こどう》が伝わる。

基準排水量四万三〇〇〇トンの巨体が増速され、風切り音が高まる。

変針した「赤城」を目がけ、敵の第二斉射弾が飛来した。

今度は全弾が後方に落下し、艦尾から突き上げるような衝撃が襲って来た。

お返しだ、と言わんばかりに、「赤城」が射弾を放つ。

敵との相対位置が変わったため、弾着修正用の交互撃ち方に戻している。

敵戦艦が第三斉射を放った直後、「赤城」の射弾が落下した。

三本の水柱が突き上がり、敵艦の前部に爆炎が躍る様が見えた。

「やったか⁉」

有馬が思わず身を乗り出したとき、

「観測機より受信。『命中弾一。第一砲塔付近ニ火災』！」

通信長中野政知《なかのまさとも》中佐が弾んだ声で、報告を送った。

「司令官！」

「うむ！」

有馬は、西村と頷き合った。

二六発もの命中弾を得ながら、なかなか敵に痛打

日本海軍 赤城型戦艦「赤城」(最終型)

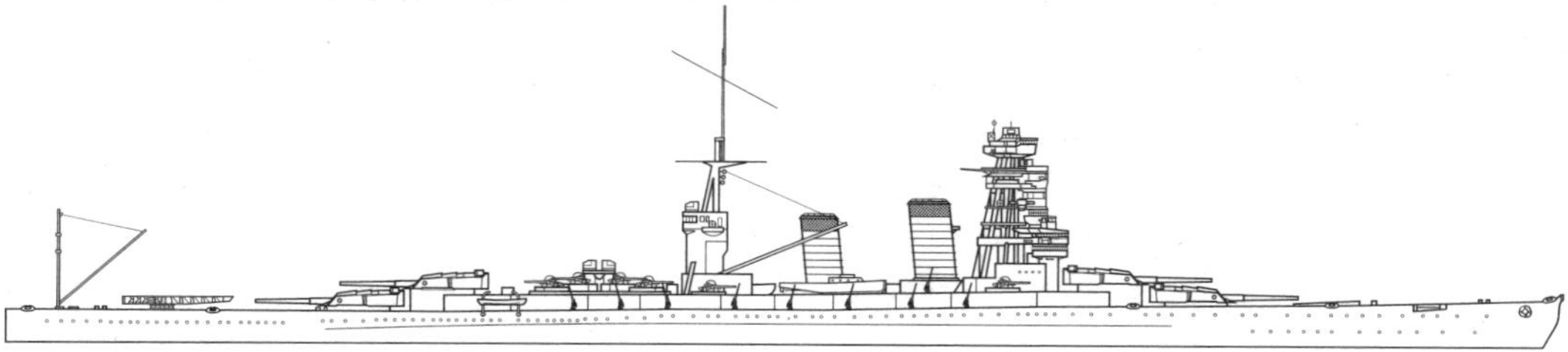

全長	254.6m
最大幅	30.8m
基準排水量	43,000トン
主機	技本式オールギヤードタービン 8基/4軸
出力	132,000馬力
速力	30.5ノット
兵装	40cm 45口径 連装砲 4基 8門 12.7cm 45口径 単装高角砲 16門 12.7cm 40口径 連装高角砲 12基 24門 7.6cm 40口径 単装高角砲 12門 25mm 連装機銃 14基
航空兵装	水上機 3機/射出機 2基
乗員数	2,800名
同型艦	なし

ニューヨーク海軍軍縮条約により、戦艦の建造に厳しい制限を課せられた結果、日本海軍が保有できた40センチ砲搭載戦艦は「長門」「陸奥」、そして本艦の3隻のみであった。日本海軍は航空主兵主義に転換し、航空機と空母を中心とした戦備を進めてきたが、なお、本艦を始めとする戦艦の存在は大きかった。ことに昭和18年7月19日に生起した夜戦において「長門」「陸奥」が撃沈されてからは、より貴重な戦力となっている。

昭和17年4月のサイパン沖海戦においてレキシントン級巡洋戦艦の砲撃を受け、第三砲塔を損傷。その跡に12.7センチ連装高角砲を8基搭載することで、対空火力を増強した。

を与えられなかった「赤城」だが、ここに来て、敵の主砲塔一基の破壊に成功したのだ。

索敵情報によれば、米新鋭戦艦の主砲は三連装と四連装の混載となっている。

主砲塔四基のうち、第一、第四砲塔が四連装だ。

第一砲塔を破壊したということは、主砲一四門のうちの四門、三割近い火力を奪ったことになる。

「艦長より砲術。敵の主砲塔一基を破壊した。このまま押し切れ！」

有馬がけしかけるように命じたとき、敵の第三斉射弾が轟音と共に飛来した。

弾着の瞬間、「赤城」はこの日初めての凄まじい衝撃に見舞われた。

炸裂音と共に、何かが壊れるような音が届き、艦全体が金属的な叫喚を放った。

至近弾落下の水柱は、艦橋からは見えない。敵弾は、艦の後方にまとまって落下したようだ。

それらの一発が、直撃弾となったのは間違いなかった。

「砲術より艦橋。第五砲塔被弾。火薬庫、注水始めます」

「……了解」

永橋の報告に、有馬はこみ上げて来る感情を抑えながら返答した。

喜びは束の間だった。敵の主砲火力を減殺しても、すぐに報復の一撃がやって来た。

「赤城」は主砲塔一基を失い、主砲の数は六門に減少したのだ。

残された三基六門の主砲が、咆哮を上げる。

通算二二回目の斉射だ。

敵戦艦の艦上にも、発射炎が閃く。

前部の発射炎よりも、後部の発射炎の方が大きい。

先の砲撃で、敵の第一砲塔を破壊したのは確かなようだ。

「赤城」の斉射弾が、先に落下する。

赤い水柱の向こうに、爆炎が躍る。

「観測機より受信。『命中一。前甲板ニ火災ヲ確認』」

中野が報告するが、有効弾となったことを喜ぶ余裕はない。敵弾の飛翔音が迫っている。

「赤城」のどこであれ、命中すれば、確実に貫通する威力を持つ砲弾だ。その砲弾が一〇発、轟音と共に飛来する。

弾着の瞬間、「赤城」は大きく前にのめった。

衝撃は、艦尾から伝わった。

直撃弾はなく、水柱も見えない。

敵弾は、「赤城」の後方にまとまって落下し、数発が至近弾となったのだ。

「機関長、推進軸に異常はないか?」

「異常なし。一番から四番まで、快調に回り続けています」

有馬の問いに、堀江機関長が即答する。

「操舵室より、舵に異常なしとの報告あり」

宮尾も、有馬に報告する。

「航海、面舵二〇度。針路八〇度!」

有馬は、宮尾に下令した。

通算二三度目の斉射弾は、敵の第二砲塔を使用不能に陥れた可能性がある。

ならば距離を詰めると共に、敵の前方に回り込むのが得策だ。

「面舵二〇度。針路八〇度。宜候!」

宮尾が復唱を返し、操舵室に指示を送る。

舵が利く前に、「赤城」と敵戦艦は、共に今一度の斉射を放つ。

四〇センチ砲六門発射の反動が「赤城」の巨体を震わせ、敵戦艦は艦の後部に発射炎を閃かせる。

前甲板に、発射の閃光がほとばしることはない。

有馬が睨んだ通り、「赤城」の第二三斉射は敵の第二砲塔を破壊した。敵戦艦は、前部の主砲全てが使用不能となり、主砲火力も半減したのだ。

敵の射弾が唸りを上げて飛来し、「赤城」の後方に落下する。

爆圧がみたび艦尾を突き上げ、艦が大きく前にのめる。

舵や推進軸の損傷を危惧するが、操舵室からも、機関室からも、被害状況報告は来ない。「赤城」の舵は正常であり、四基の推進軸は力強く回って、「赤城」を航進させている。

「赤城」の射弾も、敵艦を捉える。

今度は、命中弾はない。

六発の四〇センチ砲弾は、目標の後部付近に落下し、赤く着色された海水を噴き上げただけだ。

「赤城」が、再び回頭を始めた。

艦首が大きく右に振られ、右後方に見えていた敵艦が右正横へと流れた。

敵戦艦の後部に新たな発射炎が閃き、有馬は肝を冷やす。

回頭中の艦は、敵からは静止目標に見え、被弾確率が上がるのだ。「赤城」にとっては、最も危険な瞬間だ。

敵弾が飛来する前に「赤城」は直進に戻った。


「両舷前進全速！」

回頭に伴って、低下した速力を回復させるべく、有馬が大音声で下令する。

「赤城」の巨体が加速され始めたとき、敵の射弾が飛来した。

全弾が艦の後方に落下し、水柱を噴き上げるだけで終わった。

敵弾は、回頭する「赤城」を追う形で海面に落下しているが、「赤城」は紙一重の差で、敵弾をかわしている。

「これぞ、高速戦艦の戦い方だ」

口中で、有馬は呟いた。

俊足《しゅんそく》を活かして敵弾をかわしつつ、射弾を叩き込む。

敵は頑強であり、致命傷を与えるのは至難だが、戦闘力は次第に低下してゆく。

敵が戦闘不能か航行不能になるまで、粘り強く戦うのだ。

「電測より艦橋。敵艦、右に回頭します！」

小出の報告とほとんど同時に、「赤城」は新たな射弾を放った。

敵との相対位置が変わったため、一旦交互撃ち方による弾着修正に戻すべきだが、火を噴いた主砲の数は六門だ。

永橋は「回頭中の敵なら、必ず命中弾を得られるはず」と判断し、通算二四回目となる斉射を放ったのかもしれない。

敵艦が回頭を終え、直進に戻った直後、その周囲に赤く染まった水柱が奔騰した。

同時に、後部に爆炎が躍ったように見えた。

有馬は、思わず身を乗り出した。

後部の主砲塔か、舵機室、推進軸等の重要部位を破壊したのでは、と期待したのだ。

「観測機より受信。『命中弾一。第四砲塔ニ直撃』」

通信室を通じて、報告が上げられる。

「司令官、勝てます！」

是永首席参謀が、興奮した声で言った。

「長門」「陸奥」の仇を討つときが近づいている、と確信した様子だ。

「焦るな」

戒める口調で、西村は言った。

敵が完全に沈黙するか、停止するまで、「勝利」はない――そう言いたげだった。

この間に、「赤城」は第二五斉射を放っている。

砲声も、発射に伴う反動も、これまでと変わるところはない。永橋以下の砲術科員は、艦の一部となったように、敵一番艦への砲撃を繰り返している。

敵戦艦の後部に発射炎が閃く。

爆風が火災煙を吹き飛ばすものの、炎はこれまでで最も小さい。

(使用可能なのは、第三砲塔だけらしいな)

有馬は、そのように当たりを付けた。

推測通りなら、敵の使用可能な主砲は三門。「赤城」は損害を受けたものの、なお六門の主砲を使用可能だ。

三連装と四連装各二基、計一四門という主砲の数を誇った米新鋭戦艦だが、ここに来て、初めて「赤城」が使用可能な主砲の数で優位に立ったのだ。

「赤城」の射弾が着弾し、観測機が「弾着位置、目標ノ右舷付近。命中弾ナシ」との報告を送って来る。

敵の射弾も、「赤城」を直撃したものはない。

全弾が、艦の後方に落下している。

「赤城」の主砲が、新たな咆哮を上げた。通算、二六度目の斉射だ。

これが、残った敵の主砲塔に命中してくれれば
――と、有馬は祈った。

敵の第三砲塔が発射炎を閃かせた直後、「赤城」の射弾は目標を捉えた。

敵の艦尾付近に爆炎が躍り、火焔が空中高く噴き上がった。

「命中弾二。第三砲塔ノ破壊ヲ確認」

との報告が、観測機から届いた。

「よし……！」

有馬は、右手の拳を打ち振った。

この瞬間、勝利を確信した。

「赤城」は敵戦艦の全主砲を破壊し、戦闘不能に陥れたのだ。

「艦長、砲撃止め。雷撃で止めを刺す」

「艦長より砲術、砲撃止め！」

西村の命令を受け、有馬は永橋に指示を送った。

斉射を繰り返していた三基六門の主砲塔が沈黙した。

異変が起きたのは、その直後だった。

敵戦艦の艦上――艦橋の前に閃光がほとばしり、艦上にわだかまる黒煙が吹き飛ばされたのだ。

明らかに、主砲発射のそれと分かる閃光だった。

「艦長より砲術、砲撃再開！　奴の主砲はまだ生きている！」

「砲撃再開、宜候！」

有馬の命令に、永橋が復唱を返す。

一旦は沈黙した六門の主砲が、新たな咆哮を上げる。

数秒後、敵弾の飛翔音が聞こえ始めた。

直撃弾炸裂の衝撃が、艦全体を揺るがした。


「直撃弾を確認。『アカギ』の後部に火災」

「よくやった！」

マイケル・ローマン砲術長の報告を受け、ジョフリー・ケント「オレゴン」艦長は快哉を叫んだ。

たった今の射弾は二発に過ぎない。命中など、期待できない弾数だが、第一砲塔の砲員は一発を命中させたのだ。

「第四砲塔の準備はどうか？」

「要員の交替完了。一、二番砲、発射が可能です」

「オーケイ、撃て《ファイア》！」

ケントは大音声で下令した。

直後、艦橋の前と後ろで砲声が轟き、他の全ての音をかき消した。

発射したのは、第一砲塔の三、四番砲と第四砲塔の一、二番砲だ。

日本艦隊の指揮官や「アカギ」の艦長は、既に「オレゴン」の全主砲が使用不能になったと考えていたかもしれないが、第一、第四砲塔は、砲の半分が生きている。

「死んだふりをする羽目《はめ》になってしまったな」

苦笑しながら、ケントは呟いた。

「オレゴン」の四連装砲塔は、連装砲塔二基を結合したものだ。

右側の二門と左側の二門は独立しており、片側が使用不能になっても、残る半分で砲撃を継続できる。

駐フランス大使館付海軍武官が送って来た情報によれば、フランス海軍の最新鋭戦艦リシュリュー級の三八センチ四連装主砲も、同じ構造を採用しているという。

「アカギ」の射弾が、第一、第四砲塔に命中したとき、破壊されたのは第一砲塔の右側と第四砲塔の左側であり、各砲塔二門ずつ、合計四門の主砲はまだ砲撃が可能だった。

ただし、砲員はそうはいかない。

第一砲塔が被弾したとき、右砲塔の砲員は全員が戦死し、左砲塔の砲員も、衝撃で過半が死傷した。

第四砲塔の被弾時にも、同様の事態が生じた。

幸い「オレゴン」には、こうなることを見越して、予備の砲員が乗り組んでいた。

彼らは第一、第四砲塔の損傷後、死傷した砲員に代わって配置に就いたのだ。

射撃準備を整えている間に、第二、第三砲塔を破壊されたが、「オレゴン」はまだ生きている。

使用可能な主砲の数は四門と激減したが、「アカギ」を撃沈する機会はまだ残っている。

「逃がしはせんぞ、『アカギ』」

その言葉を、ケントは「アカギ」に投げかけた。

第一、第四砲塔の射弾が落下する直前、「アカギ」の前部にも発射炎が閃いた。

被弾直後、一時的に中断していた「アカギ」の斉射が再開されたのだ。

敵戦艦の新たな射弾が落下するや、「赤城」の左舷側に二本、右舷側に一本の水柱が奔騰した。

同時に、艦の後部から被弾の衝撃が伝わり、艦全体が苦悶するように震えた。

すぐには、被害状況報告が来ない。

応急指揮官を務める副長貞方静夫《さだかたしずお》中佐も、正確な状況を把握できないようだ。

「赤城」の射弾も、敵戦艦を捉える。

先の被弾で第四砲塔を破壊されたため、第一、第二砲塔のみの砲撃だ。

「こちらは四門、向こうも四門か」

有馬馨「赤城」艦長は、僅かに唇を歪めた。門数だけなら同等だが――と呟いた。

「観測機より受信。『全弾遠。命中弾ナシ』」

中野通信長が報せて来る。

声には、感情が込められていない。通信を正確に伝えることに徹している。

敵戦艦が、新たな発射炎を閃かせた。

砲撃の度、火災煙が吹き飛ばされ、艦の様子が露わになる。

艦橋も煙突も無傷のようだ。艦の頭脳も心臓部も健在ということだ。

「化《ば》け物《もの》か、奴は……！」

是永首席参謀が声を震わせた。

一時は沈黙した敵戦艦が砲撃を再開したのを見て、死者が生き返り、襲いかかって来たような恐怖を覚えたのかもしれない。

敵戦艦の射弾が落下する直前、「赤城」は通算二八度目の斉射を放った。

前部の主砲のみの発射であるため、砲声が轟くのは前甲板のみだ。砲戦開始時に比べ、火力は半減している。

新たな敵弾が飛来する。

今度は、全弾が「赤城」の後方に落下し、尻を蹴り上げられるような衝撃が伝わった。

敵の主砲も残り四門だ。門数がこれだけ少なくなっては、目標を散布界に捉えるのは難しいのかもしれない。

「一艦隊司令部より受信。司令官に繋げとのことです」

和地孝夫通信参謀が報告を上げた。

西村は受話器を取った。

数語のやり取りの後、「戦艦の相手は戦艦です」と叫ぶように言って、受話器を置いた。

司令官の言葉を聞かずとも、会話の内容は想像がつく。

三川軍一一艦隊長官は、「赤城」に後退を命じたのだ。

敵戦艦への止めは、「鳥海」「摩耶」「羽黒」の雷撃で刺すつもりであろう。

だが、敵戦艦の主砲は砲撃を続けている。巡洋艦が迂闊《うかつ》に接近すれば、返り討ちに遭《あ》う。

敵戦艦を無力化するのは、「赤城」の任務だ。

「『赤城』は最後まで戦艦として、使命を全《まっと》うする」

それが、西村の意志だ。

有馬も、全く同感だ。

敵を沈めるか、「赤城」が力尽きるまで戦う。

それが開戦以来、一貫して「赤城」の指揮を執り続けて来た艦長の責任だ。

「赤城」の第二八斉射が、敵艦を捉えた。

赤い水柱が奔騰し、観測機が「命中弾一」と伝えて来るが、爆炎は観測されない。

命中箇所は、おそらく主要防御区画だ。「赤城」の四〇センチ砲弾は、分厚い装甲鈑を貫通できず、跳弾《ちょうだん》となって海に消えたのだ。

敵戦艦の射弾も、唸りを上げて飛来する。

直撃弾はなかったが、弾着の瞬間、これまでにはなかった異様な衝撃が後部から伝わった。

（いかん、やられた！）

有馬は、顔から血の気が引くのを感じた。艦の動きを司る重要部位を損傷したと直感したのだ。

「機関長より艦橋。二番推進軸損傷。二番主機、停止します。出し得る速力、二六ノット」

「了解」

堀江機関長からの報告に、有馬は冷静さを装って返答した。

推進軸一基なら、致命傷ではない。「赤城」は、直進も転舵もできる。

だが「赤城」は、もはや「高速戦艦」ではなくなった。

唯一、米新鋭戦艦より勝っていた速力の優位が失われたのだ。

「艦長より砲術。本艦、速力低下。射撃時に注意せよ！」

「射撃の際、速力低下に注意します」

有馬の指示に、永橋は動揺した様子を感じさせずに返答した。射撃諸元の計算時に、速力の低下を考慮すればいいだけだ、と言いたげだった。

「赤城」が二九度目の斉射を放つ。

砲声の力強さは、推進軸の損傷を感じさせない。六門の主砲はこれまでと変わることなく、六発の射弾を叩き出している。

入れ替わるように、敵の射弾が落下した。

「赤城」の左右両舷付近に弾着の水柱が奔騰し、後部から直撃弾の衝撃が伝わった。

「副長より艦長。二番煙突損傷！」

貞方副長が被害箇所を知らせる。

煙突を破壊されたとなると、排煙は直接後甲板上に流れることになる。

「まだだ。まだまだ」

有馬は、「赤城」に語りかけるように言った。

苦しい状況だが、敵も苦しいはずだ。もう少し堪《た》えてくれ、と艦に願った。

「赤城」の斉射弾が、目標の前方に落下した。

外したか、と一瞬思ったが、敵の前甲板に爆炎が確認された。

「観測機より受信。『第一砲塔ニ命中。第一砲塔ハ全壊ト認ム』」

「よし、あと一基だ！」

有馬は、思わず叫んだ。

敵戦艦は、被弾損傷したはずの第一砲塔、第四砲塔で砲撃を続けたが、それも終わりに近づいている。

残るは、第四砲塔のみだ。これを破壊すれば、敵戦艦の戦闘力を完全に奪える。

艦の周囲の大気が震えた。

敵の斉射弾だ。第一砲塔が破壊される直前、最後に放った射弾も含まれている。

弾着の瞬間、「赤城」はこれまでで最も強烈な衝撃に見舞われた。

艦の後部が大きく沈み込み、前部は逆に撥ね上げられたように感じられた。

「副長より艦長。舵機室被弾。艦尾より浸水！」

「機関長より艦長。四番推進軸損傷。出し得る速力一六ノット！」

「航海、人力操舵への切り替えできるか？」

二つの報告を受け、有馬は宮尾に聞いた。

帝国海軍の軍艦には、舵機室を損傷した場合に備え、人力操舵室が設けられている。一〇名以上の水兵が人力操舵機を回し、艦を転舵させるのだ。

艦尾から浸水している状況では、難しいかもしれないが――。

「やってみます」

宮尾は返答し、操舵室に「人力操舵に切り替え。急げ！」と下令した。

返答が届く前に、新たな敵弾の飛翔音が轟いた。

有馬が両目を大きく見開いたとき、艦の後部から二度連続して衝撃が襲った。

炸裂音と共に、金属的な破壊音が届き、「赤城」は激しく身を震わせた。


（万事休す）

その一語が、有馬の脳裏に浮かんだ。

たった今の一撃で、「赤城」が致命傷を受けたと悟ったのだ。

艦の速力は大幅に低下し、今にも行き足が止まりそうだ。

敵弾は、主要防御区画の装甲鈑を貫通し、艦の心臓部たる機関部――缶室か機械室で炸裂したものと思われた。

この状況下で、「赤城」は通算三〇回目の斉射を放った。

前甲板から右舷側に向けて、巨大な発射炎がほとばしり、大きく傷ついた艦体が身を震わせた。

最後の砲撃は、目標から大きく外れた海面に落下し、赤い水柱を噴き上げた。

「駄目か……！」

その言葉が、有馬の口から漏れた。

舵機室を破壊されて運動の自由を失ったことに加

え、機関部をも損傷したのだ。

まともな砲撃は、もはや望めない。

たった今の砲撃は、「赤城」が力尽きたことを物語っているように感じられた。

止めの一撃が来るか、と思いきや、敵の艦上に新たな発射炎が閃くことはなかった。

敵艦の後ろ半分は、噴出する黒煙に隠されている。「赤城」に致命傷を負わせた第四砲塔も、沈黙している状態だ。

「観測機より受信。『敵艦後部ノ火災、第四砲塔付近マデ拡大セリ』」

「そうか！」

有馬は、敵の艦上で起きている事態を悟った。

これまでに与えた命中弾が、今になって効いた。

延焼による高温で、第四砲塔の砲員が斃れたのだ。

主砲塔が健在でも、砲員がいなければ砲撃はできない。

「赤城」は、辛くも自力で米軍の最新鋭戦艦を戦闘不能に追い込んだのだった。

「四、五戦隊、敵艦に接近！」

艦橋見張員が報告を上げた。

有馬は、敵戦艦の後方に双眼鏡を向けた。

「鳥海」「摩耶」「羽黒」が、敵の後方から追いすがる形で接近している。

敵戦艦が沈黙したため、雷撃を敢行しようとしているのだ。

「介錯《かいしゃく》は任せてもいいだろう」

西村が、有馬の肩を叩いた。

やがて敵戦艦の舷側に、魚雷命中の水柱が続けざまに突き上がった。

7

「オレゴン」が姿を消すまでには、少し時間がかかった。

全主砲が使用不能になった後、日本軍の巡洋艦から打ち込まれた魚雷は一〇本を数える。

どれほど頑強な戦艦であっても、耐え難い打撃だ。

一〇箇所の破孔から奔入《ほんにゅう》した海水は、急速に艦内を侵《おか》し、「オレゴン」の巨体を海面下に引き込みつつあったが、合衆国が建造した最強の戦艦はしばし海水の力に抗《あらが》い、その姿を海面上に留めていた。

ジョフリー・ケント「オレゴン」艦長は、脱出したクルーと共に波に揺られながら、沈み行く艦を見つめている。

艦が被雷した後、最後まで「オレゴン」の艦橋に留まったが、「全クルー、退去を完了しました」との報告を受けたため、自身も海中に飛び込んだのだ。

「『アカギ』に敗れるとは……！」

ケントと一緒に脱出したマイケル・ローマン砲術長が、絞り出すような口調で言った。

五日前の夜間戦闘も、この日の砲戦も、終始射撃指揮所で砲戦の指揮を執り続けた指揮官だ。

「オレゴン」の火力や射撃管制システムについては熟知《じゅくち》している。

それだけに、この結果が信じられないに違いない。

「敗北《ディフィート》ではない。引き分け《ドロー》だ。『オレゴン』は沈むが、『アカギ』も沈む」

近くを漂流しているロナルド・ライズ航海長が言った。

「いや……砲術長の言う通りだろう」

ケントは力なくかぶりを振った。

「『アカギ』は日本海軍最強の戦艦かもしれないが、コロラド級と同世代の艦であり、艦齢は二〇年を超える老齢艦だ。そのような艦と引き分けたなど、合衆国の最新鋭戦艦が誇れる記録ではない。『アカギ』を沈め、本艦が生き延びなければ、この砲戦は負けだ」

「それは、艦長のおっしゃる通りかもしれませんが」

「だがな、『オレゴン』は『アカギ』に敗れたのではないぞ」

力を込めて、ケントは言った。

「ジャップは、航空機を最大限に活用し、艦艇との協同攻撃で戦果を上げた。我が太平洋艦隊は、戦闘機に艦隊の頭上を守らせるだけで、航空機を攻撃にまで活用できなかった。『オレゴン』は『アカギ』一隻にではなく、艦艇と航空機が一体となった戦術に敗れたのだ」

「アラバマ級にも、同じことが言える」

ケントらと共に漂流しているフランクリン・V・ヴァルケンバーグTF21司令官が、力なくかぶりを振った。

「アラバマ」「ニューハンプシャー」「メイン」の三隻は、敵駆逐艦の雷撃を受けた後、戦場からの離脱を図ったが、戦闘の終盤に飛来した一式陸攻《ベティ》に捕捉された。

大きな損傷を受けた三隻の戦艦には、もはやベティを追い払う力はなく、次々と魚雷を撃ち込まれて、行き足が止まったのだ。

「ニューハンプシャー」に乗艦していたハズバンド・E・キンメル太平洋艦隊司令長官は、残存艦に退却を命じ、生き残った巡洋艦、駆逐艦は東方に避退していった。

キンメルと太平洋艦隊司令部の幕僚については、はっきりしたことは分からない。

ケントも、「オレゴン」の乗員を避退させるだけで手一杯であり、他艦に気を配っている余裕はなかったのだ。

「我が軍の新鋭戦艦は、ジャップの戦艦に敗れたわけでも、航空機に敗れたわけでもありません。艦艇と航空機を組み合わせた戦術に敗れたのです」

ケントがそう言ったとき、

「『オレゴン』沈みます！」

との叫び声が上がった。

ケントは顔を上げ、「オレゴン」を見つめた。

艦の傾斜が、急速に増している。

魚雷一〇本を撃ち込まれた右舷側に大きく傾き、

横転しつつあるのだ。

ほどなく、艦は完全に横倒しとなった。

四基の主砲塔が、艦橋が、煙突が、海面に浸《ひた》り、姿を消して行く。

赤く塗装された艦底部が剝《む》き出しになったが、長くは続かなかった。

敵弾に打ちのめされた姿をさらしたくないとの意志が働いているかのように、「オレゴン」の巨体は、沸き立つ渦の中に姿を消していった。

ケントら「オレゴン」のクルーやBD7の司令部幕僚は、声もなく、合衆国最強の戦艦が姿を消した海面を見つめていた。


同じ頃、有馬馨「赤城」艦長は、第四水雷戦隊に所属する駆逐艦「五月雨《さみだれ》」の上甲板で、この直前まで自身が乗っていた戦艦の姿を見つめていた。

「よく、あの状態で戦えたものだ」

自身の艦に対する賛嘆の思いが、有馬にはある。

米軍の新鋭戦艦を沈黙させたとき、「赤城」は手の施しようがないほど損傷していた。

被害は、艦の後部に集中している。

舵機室や推進軸二基の損傷に加え、八基ある主機の半分を破壊され、艦内に発生した火災は拡大の一途を辿った。

艦尾から発生した浸水も艦内を侵しており、第三、第四砲塔の弾火薬庫付近にまで及んだ。

浸水を食い止めようにも、応急班員は火災炎に遮られ、被弾箇所までたどり着けない有様だ。

有馬は止《や》むなく「総員退去」を命じ、乗員を救う道を選んだのだった。

このとき有馬は、艦と運命を共にすることを考えたが、西村祥治一戦隊司令官に、

「生還し、戦訓を残すのも艦長の責務だ。死を選ぶのは、その責任から逃げるに等しい」

と厳しく言い渡され、思い留まった。

最終的に、有馬は全乗員の退艦を見届けてから海に飛び込み、「五月雨」に救助されたのだ。

「五月雨」の甲板から見る「赤城」は、夕陽を背に、艦尾から沈みつつある。

第三、第四砲塔は跡形もなく爆砕され、二番煙突も付け根から吹っ飛んでいる。

右舷側には、複数の破孔が認められる。

全乗員が退艦するまで、浮いていられたことが不思議なほどだが、人知を超えた力が「赤城」を海面に留めさせていたような気がした。

「戦いは勝ったのでしょうか?」

永橋為茂砲術長が聞いた。

有馬同様、最後に退艦したため、「五月雨」に救助されたのだ。

「作戦目的は達成した」

有馬は答えた。

この日の海戦で、日本軍は米戦艦六隻、巡洋戦艦一隻、巡洋艦三隻、駆逐艦一二隻撃沈、戦艦二隻、巡洋戦艦一隻、駆逐艦八隻撃破の戦果を上げた。

特に、第一艦隊と戦った新鋭戦艦は、四隻全てを撃沈した。

米軍の残存艦艇は、沈没艦の乗員救助もほとんどできないまま、退却していったのだ。

ただし、日本側も甚大《じんだい》な損害を被った。

第一艦隊の戦艦五隻のうち、「金剛」「榛名」は既に沈み、「霧島」「比叡」は大破と判定される被害を受けて、パラオへの帰途に就いている。

他に、重巡「愛宕」「那智」、軽巡「鬼怒」、駆逐艦六隻が失われ、駆逐艦七隻が損傷した。

彼我の損害だけを見れば、相打ちと言っていい結果だ。

そして今、「赤城」が沈もうとしていた。

「『赤城』は今回も含め、五回の砲戦を戦った」

有馬は、思い返しながら言った。

「『赤城』が戦った敵艦の中に、弱敵はない。アラバマ級、レキシントン級、サウス・ダコタ級、そしてあの新鋭戦艦。全て、『赤城』より強力な艦ばかりだった」

「その強敵を相手に、『赤城』は勝ち続けて来ました。五日前の夜戦では敗北しましたが、今日、その雪《せっ》辱《じょく》を果たしました」

誇らしげな口調で言った永橋に、有馬は応えた。

「『赤城』の力だけで勝ったわけではない。僚艦や航空機の協力を得て、初めて得られた勝利だ」

「『赤城』と他艦、あるいは航空隊との、絆《きずな》の勝利だった、と?」

「GFの航空参謀が『海軍の総合力で戦う』と言っていたが、その通りの戦い方で、『赤城』は勝った。『赤城』は沈んでも、貴重な戦訓と海軍の絆が残った」

「『赤城』は、帝国海軍に遺産を残したのですね」

永橋の言葉に、「『赤城』沈みます!」との叫び声が重なった。

有馬は、「赤城」を注視した。

「赤城」は、艦首を大きく持ち上げている。

後部に奔入した海水が、艦を海面下に引きずり込もうとしているのだ。

有馬は直立不動の姿勢を取って「赤城」に敬礼し、「五月雨」に収容されている「赤城」乗員も有馬に倣った。

「赤城」乗員だけではない。

他の駆逐艦に救助された沈没艦の全乗員が、沈みゆく「赤城」に敬礼を送っていた。

「赤城」は、急速に沈み始めた。

一番煙突が、艦橋が、最後まで健在だった第二、第一砲塔が、艦体と共に姿を消してゆく。

(さらばだ、『赤城』。以て瞑《めい》すべし)

有馬は、その言葉を「赤城」に送った。

艦が完全に沈み切る直前、艦首が夕陽の光を反射し、赤く輝いた。

第五章　山本五十六の放送

1

「これを、勝利と呼べるのだろうか」

パラオに帰還したトラック攻撃部隊の姿を見つめながら、山本五十六連合艦隊司令長官は、深々と溜息をついた。

七月二四日の決戦については、既に大本営によって「トラック沖海戦」の公称が定められている。

大本営は、日本側の被害については僅少《きんしょう》に発表したかったようだが、山本は海軍省を通じて、

「我が軍の被害は、正確に発表して貰いたい。苦戦の末、辛うじて得た勝利であることを国民に知らしめて欲しい」

と注文を付けていた。

被害が最も大きかったのは第一艦隊だ。

戦艦は半分以下に激減し、重巡も五隻から三隻に減っていている。

生き残った艦にも、被弾の跡が目立つ。

「米太平洋艦隊主力の撃滅」という作戦目的は達成したものの、払った犠牲の大きさは、勝利を帳消《ちょうけ》しにしてしまうほどのものだった。

「機動部隊の損害も、甚大です、各空母とも、艦上機の過半が未帰還となっています」

榊久平航空参謀が言った。

各艦隊隷下の艦上機隊は、戦場を縦横に飛び回り、敵飛行場を使用不能に陥れると共に、敵艦への攻撃でも大きな戦果を上げたが、損耗も激しかった。

作戦開始の時点で使用可能な艦上機の数は、常用機だけで九七〇機。補用機も合わせれば一一三三機に達する。

現在、使用可能な艦上機の数は、四四一機。

六割以上が失われたのだ。

それ以上に重大なのが、搭乗員の戦死だ。

搭乗員は、工場に増産を指令して出来上がって来るというものではない。

今回の戦いで、沈没した空母はなかったが、艦上機と搭乗員を欠いては戦力にならない。

機動部隊の再建には、数年を要する。

それが、今回の戦いの結末だった。

「対米講和を急がなくてはならぬな」

山本が、難しい表情で言った。

「今の状況は、日露戦役の末期に似ている。我が海軍はロシア海軍を撃滅し、陸軍も旅順《りょじゅん》の攻略戦や奉天《ほうてん》の会戦で勝利を収めたが、消耗も激しく、戦争を続けられる状態ではなかった。一方ロシアは、海軍兵力のほとんどを失ったものの、陸軍は余力を残していた。講和条約を締結できたからよかったものの、戦争が続いていたら、地上戦で逆転される危険があった。米国も当時のロシア同様、国力に余裕がある」

「米国が、講和に応じるでしょうか？」

「米海軍は艦艇の他、人材を多数失った。人材の損耗は、米国といえども一朝一夕《いっちょういっせき》には回復できぬ。そこを衝けば、交渉の余地はあると考える」

海戦終了後、日本艦隊は自軍だけではなく、米軍の沈没艦の乗員も、可能な限り救助している。

第一艦隊だけでは手が足りぬため、後方に控えていた第二、第三艦隊も駆逐艦を派遣し、溺者《できしゃ》救助に当たった。

救助した米軍将兵の中には、第七戦艦戦隊司令官フランクリン・V・ヴァルケンバーグ少将や、戦艦「オレゴン」艦長ジョフリー・ケント大佐も含まれている。

米軍は、新鋭戦艦四隻を失っただけではなく、生き残った乗員全員が、日本軍の捕虜となったのだ。

今後、米海軍は深刻な人材難に直面すると考えられる。

その弱点を指摘すれば、米国を和平交渉の席に着かせることは不可能ではない、と山本は力を込めて言った。

「その前に、トラックを奪回すべきではないでしょうか？」

首席参謀黒島亀人《くろしまかめと》大佐が発言した。

トラックは、中部太平洋における戦略上の要《かなめ》だ。開戦劈頭《へきとう》に、この地を米軍に占領されて以来、その奪回は帝国海軍の悲願となっていた。

米太平洋艦隊との決戦に勝ち、トラック周辺の制空権、制海権を確保した現在、同地の奪回は可能です、と黒島は主張したい様子だった。

山本はかぶりを振った。

「今のGFには、上陸部隊を支援する力がない。奪回作戦に失敗すれば、米国の継戦派を勢いづかせる危険がある。残念だが、トラック上陸作戦は実施できない」

「トラックを放棄するとおっしゃるのですか？」

心外《しんがい》そうな黒島に、山本は諭すように言った。

「トラックに対しては、海空からの封鎖を実施する。マリアナ、パラオから長距離爆撃をかけると同時に、周辺海面に潜水艦を展開させ、トラックへの増援や補給を阻止するのだ。うまくすれば、トラックの米軍は戦わずに降伏するかもしれぬ。仮に降伏しなくとも、基地の復旧を妨害し、敵を封じ込めるだけで充分だ。米国との講和が成立すれば、トラックの戦いも終わる」

「全ては対米講和のため、ですか」

「私は開戦前から、対米戦は短期決戦以外にないと主張し、その方針で作戦指導に当たってきた。今、ようやく講和の機会を摑めたのだ。何としても、この機会を活かしたい」

しばし、「香椎」の長官公室を静寂《せいじゃく》が支配した。

誰もが新たな言葉を発することなく、山本の次の言葉を待った。

沈黙を破ったのは、大西滝治郎参謀長だった。

「長官の御決意は、よく分かりました。参謀長としましては、異存はありません。どうか、このたびの勝利を、講和の実現に結びつけていただきたいと考えます」

「私も、参謀長と同意見です」

「どうか、講和を実現なさって下さい」

他の幕僚たちも、次々と賛意を表明した。

榊久平航空参謀にも、異存はない。

「長官のお考えを尊重いたします」

とのみ、発言した。

山本は感動の面持《おもも》ちで、全員に言った。

「諸官が同意してくれてありがたい。講和実現のために全力を尽くすと、改めて約束する」

2

一九四三年九月一日、アメリカ合衆国海軍省は新しい長官を迎えた。

ジェームズ・フォレスタルが、次官から長官に昇格したのだ。

合衆国海軍が採っていた大艦巨砲主義には批判的であり、前長官フランク・ノックスを始めとする海軍省、作戦本部の高官とは、意見が対立することも多かった。

「フォレスタルを更迭《こうてつ》すべし」

という声も上がったが、海軍関連の企業に幅広い人脈を持ち、事務処理能力も高いフォレスタルは、「余人《よじん》を以て代えがたい」と判断され、海軍次官の職に留まり続けて来た。

ノックスの退任に伴い、ようやくフォレスタルに腕を振るう機会が巡って来たのだ。

「大艦巨砲主義は、放棄するつもりかね？」

海軍作戦本部長アーネスト・キング大将が聞いた。

対日開戦時には大西洋艦隊司令長官の職にあったが、前任のハロルド・スタークがノックスと同時期に作戦本部長の職を退《しりぞ》いたため、キングが新本部長に就任したのだ。

フォレスタルの海軍長官就任よりも、一週間ほど早く本部長職に就いている。

この日は、新長官への挨拶と打ち合わせを兼ねて、フォレスタルの長官室を訪れていた。

「言われるまでもない」

ノックスは、さも当然のように答えた。

「今回の戦争では、戦艦は航空機には勝てないことが実証された。航空主兵主義の正しさが立証されたのだ。合衆国海軍の軍備は、大幅に刷新《さっしん》する。戦艦中心ではなく、空母と航空機を中心とした新時代の海軍に作り替えるのだ」

トラック環礁を巡る一連の戦闘に敗北したことは、合衆国海軍のみならず、政府をも震撼させた。

太平洋艦隊は、指揮下にあった最新鋭戦艦四隻を全て失っただけではなく、司令長官のハズバンド・E・キンメル大将を始めとする司令部の幕僚も未帰還となった。

後に国際赤十字を通じて、キンメルらが日本軍の捕虜となっていることが合衆国政府に伝えられたが、太平洋艦隊が新鋭戦艦共々、指揮中枢を失った事実に変わりはなかった。


真珠湾《しんじゅわん》に残留していた副司令長官のウィリアム・パイ大将は、帰還して来た残存艦艇の指揮官から報告を受け、

「向こう三年間は、日本に対する新たな攻勢は不可能」

との報告を、作戦本部に送った。

艦艇の喪失もさることながら、人員の損耗が激しく、短期間での戦力回復は不可能であると、パイは判断したのだ。

海戦の結果とパイ副司令長官の判断は、統合参謀本部を通じて、アメリカ合衆国大統領フランクリン・デラノ・ルーズベルトに伝えられ、国民にも公表された。

結果、政府と海軍に世論の非難が集中し、ルーズベルトはノックス、スタークら海軍の責任者と共に、退陣を余儀なくされた。

二〇年以上に亘る合衆国海軍の戦艦偏重、及び合衆国政府がそれを容認して来たことが、モエン島沖

海戦（トラック沖海戦の米側公称）における敗北の根本原因であると明らかになったのだ。

戦艦の偏重は、ルーズベルト政権の成立以前から続いており、ルーズベルト一人に責任があるわけではなかったが、為政者《いせいしゃ》としての責任は取らねばならなかった。

ルーズベルトの退陣により、副大統領から大統領に昇格したヘンリー・ウォーレスは、

「大統領としての最初の仕事は、戦争を終わらせることだ。いかなる結末であれ、合衆国国民が納得できる形で決着をつける旨を約束する」

と、就任演説の中で公約した。

ウォーレス新政権の成立直後、イギリス、フランス両国が、合衆国と日本の双方に講和を呼びかけた。

モエン島沖海戦終了後の戦線膠着《こうちゃく》と合衆国の政権交代を好機と見たのだ、
講和会議は八月二一日より、フランス中央部の保養地ヴィシーで行われている。

日本は、一連の戦いにおける勝利を楯《たて》に、強気の条件を突きつけて来るものと予想されていたが、意外にも宥和《ゆうわ》的な条件を提示しているという。

講和会議の結果はまだ分からないが、仮に講和が成立したとしても、日本が合衆国の仮想敵であるという現実は変わらない。

海軍長官としては、合衆国海軍の組織を、新時代に対応したものに作り替えねばならないのだ。

再び日本と戦端を開いた場合、今度こそ日本海軍を圧倒できるだけの組織に。

フォレスタルが、そのために不可欠と考えているのが、大艦巨砲主義の放棄と航空主兵主義への全面的な切り替えだった。

「戦艦の新規建造は、全面的に取り止める。オレゴン級の三、四番艦はキャンセルだ。代わりに、エセックス級空母の大量建造を推進する」

「空母を多数建造するとして、クルーはどうする？　大型艦の扱いに慣れたクルーは、日本との戦争で多

数が失われているぞ」

「旧式戦艦を段階的に予備艦とし、そのクルーを空母に転属させる。また、日本との講和が成立すれば、捕虜になっていた新鋭戦艦のクルーが帰国して来る。彼らも、新造艦クルーの有力候補だ。人材確保の面を考えれば、対日講和の成立が望ましい」

「極端から極端に振れるものだな」

「今日の悲境《ひきょう》を招いたのは、大艦巨砲主義への拘《こう》泥《でい》と航空機の進歩に対する過小評価だ。水上艦艇に対する航空機の優位性が実証された以上、大艦巨砲主義に固執する理由はない」

「大艦巨砲主義にこだわったのは、止むを得ぬことだと考えるが」

キングは、首を捻りながら言った。

航空機が急速に進歩したのは、ここ数年だ。

かつては、艦上機は低速の複葉機が主流であり、攻撃力もそれほど大きなものではなかった。

高速の単葉機が空母で運用され、艦船を無力化できるほどの爆弾や魚雷を搭載できるようになったのは最近のことだ。

それまでは、紛れもなく戦艦が最強の軍艦であり、海上の覇者だったのだ。

戦艦、空母といった大型艦は建造に時間がかかる。更にそのクルー、特に各部署のチーフが務まる中佐、少佐クラスの人材を育てるには、軍艦の建造以上の時間が必要だ。

軍備を大艦巨砲から航空主兵に改めるといっても、一年、二年でできることではない。

大艦巨砲から航空主兵への切り替えをなかなか進められなかったのは、不可抗力《ふかこうりょく》だったのではないか、とキングは主張した。

「不可抗力ではなく、海軍の組織防衛を優先した結果だと私は考えている。巨額の国家予算を費やして戦艦中心の大艦隊を整備し、維持して来た。それが間違っていたとは、なかなか言い出せないものさ。下手をすれば、海軍関係の予算を大幅に削減され、海軍の地位も低下する。そのような危険を冒して、航空主兵に転換することはできなかったのだろう」

「その点、日本海軍はうまくやったということか」

　腹立たしげに、キングは言った。日本が早い段階で大艦巨砲を放棄し、航空主兵への転換に成功したことに、嫉妬《しっと》と怒りを覚えているようだった。

　フォレスタルは肩を竦《すく》めた。

「彼らの場合は、運も作用した。日本は、建艦競争では合衆国に大差を付けられ、到底勝ち目がないことを悟った。このため、物になるかどうかも分からない航空主兵主義を選ばざるを得なかったのだ。今回の戦争では、それが奏功したのさ」

「偶然の要素が大きく作用した、と？」

「彼らは幸運に恵まれ、合衆国は恵まれなかった」

　合衆国が無能だったわけでも、日本が優秀だったわけでもない。歴史の偶然だ——その意を込めて、フォレスタルは言った。

「モエン島沖海戦で屈辱を味わった結果、合衆国海軍は生まれ変わる機会を得た。この敗北を糧《かて》として、我が合衆国は、世界最大にして最強の艦隊を建設するのだ」

　エセックス級空母の大量建造が軌道に乗れば、空母不足は解消する。

　航空機にしても、新型戦闘機グラマンＦ６Ｆ〝ヘルキャット〟や、新型の急降下爆撃機カーチスＳＢ２Ｃ〝ヘルダイバー〟の配備が進められている。

　それらが一定数揃えば、日本海軍を圧倒できるはずだ。

　キングは、納得したように頷いた。

「貴官の構想については、理解した。作戦本部長としては、真に心強い。ただ……山本五十六《ヤマモト》に復讐戦を挑む機会が、訪れるかどうかは分からぬがな」

3

「国民の皆さん、山本です」

日本放送協会が用意したマイクに向かって、山本五十六連合艦隊司令長官は第一声を放った。

大本営が全国民に向けて送る、ラジオ放送の収録だ。

放送時には、連合艦隊司令長官が自ら国民に語ることについて、アナウンサーが説明することになっている。

控え室には井上成美海軍次官が座り、山本の声に耳を傾けていた。

「既に政府が発表しました通り、去る九月二〇日、フランスのヴィシーで、我が国と米国の間に講和条約が締結されました。一昨年一〇月二〇日より始まった米国との戦争は、本条約の締結を以て公式に終結しました」

山本は、殊更《ことさら》ゆっくりと話している。

一語一語の意味を、国民に理解させようとしているようだ。

「これも政府の発表にありました通り、講和の条件は、我が国にとって大変に厳しいものとなりました。三八年前、日露両国の間にポーツマス条約が締結されたとき、犠牲に見合うだけの成果が得られなかったことを、皆さんは覚えていらっしゃると思います。今回の条約は、ポーツマス条約の比ではありません。そのことにつきましては、私は軍の責任者の一人として、国民の皆さんにお詫び申し上げます」

(元々、成果が得られる戦争ではなかった)

山本の言葉を聞きながら、井上はヴィシー講和条約の条文を思い出している。

米国が突きつけて来た講和の条件は、日本側の予想を超えた厳しいものだった。

開戦後に日本が占領したフィリピン、グアムの返還は無論《むろん》のこと、マリアナ、トラック、マーシャル各諸島の放棄、満州国の解体と同地に駐留している日本軍の撤退、在留邦人の引き上げ、軍備の大幅な縮小とそれを確認するための国際監視団の受け容れ、戦時賠償金の支払いを要求して来たのだ。

日本側の全権となった重光葵《しげみつまもる》は、粘り強く交渉を重ね、マリアナ、トラック、マーシャルを放棄する代償として各諸島を非武装地域とすること、満州は日米英仏中の五カ国による共同管理下に置き、時期を見て独立させること、軍備の縮小幅の緩和、戦時賠償金の減額を認めさせた。

重光全権はよくやって下さった、と井上は思っている。

米側代表のジェームズ・F・バーンズは、

「要求が全て受け容れられねば、交渉打ち切りも辞さず」

と、強気の態度を崩さなかったが、そのバーンズを相手に一歩も退くことなく、諸条件の緩和を呑ませたのは、外交の勝利と言っていい。

ただし、陸海軍の強硬派や国民の不満は大きい。

大本営は、トラック沖海戦における戦果と損害を正確に発表し、「苦戦の末の辛勝《しんしょう》」だったことを国民に伝えたが、結果はあくまで「勝利」だ。

米太平洋艦隊は多数の艦艇を失い、トラックから遁走している。

日本は勝利を得たにも関わらず、領土の放棄や軍縮、賠償金の支払いを課せられたのだ。

「これでは、まるで敗戦国ではないか」

「領土の放棄などとんでもない。むしろフィリピンとグアムの領有を米国に認めさせるべきだ」

「ヴィシー条約を破棄し、米国と再戦すべし」

といった声が、陸海軍内部の強硬派から上がり、国民の間にも不穏《ふおん》な空気が漂った。

そこで、井上がかねてから構想していた通り、山本が直接国民に呼びかけることとなった。

トラック沖海戦の勝利を報じる大本営発表の際、

「連合艦隊司令長官は山本五十六大将であります」

と強調されている。

井上が希望した「第二の東郷元帥」ほどの英雄にはなれなかったが、勝利の立役者《たてやくしゃ》であり、米国の実力を誰よりも知っている人物だ。

山本であれば、軍部の強硬派や国民の不満をなだめることが可能なはずだ、と井上は睨んでいた。

「ここで、国民の皆さんには、文永《ぶんえい》・弘安《こうあん》の二度の戦役を思い出していただきたい」

山本は、言葉を続けている。最初から変わらぬ、ゆっくりとした話し方だ。

「二度に亘った元寇《げんこう》は、勝利を得ても領土が増えたわけではなく、鎌倉幕府《かまくらばくふ》は御家人《ごけにん》たちに恩賞を与えることができませんでした。これが御家人たちの不満を呼び起こし、後の鎌倉幕府打倒に繋がったことは、改めて申し上げるまでもないでしょう。今回の対米戦争は、『米寇《べいこう》』とでも呼ぶべきものでした。我が軍は、米国の基地があるフィリピンやグアムを占領しましたが、米本国に攻め込む力はありません。フィリピン、グアムの占領やトラック沖海戦は、博《は》多湾《かわん》に上陸した元軍の撃退と同様の性格を持つものだったのです」

山本は、ここで一旦言葉を切った。

たった今話した内容を理解するための時間を、聞き手に与えようとしているようだ。

生放送ではなく、レコードへの収録だが、山本の心眼には全国民が見えているのではないか、と井上は感じていた。

「元、清国、ロシア、先の大戦におけるドイツ、そして今回のアメリカと、我が国はこれまでに、五つの国と対外戦争を行いました。連合艦隊を率い、米軍と戦った身から申し上げますが、米国はこれまでに我が国が戦った外敵の中で、最も恐ろしい敵でした。先のトラック沖海戦では、幸い我が軍が勝利を収めましたが、我が軍も大きな犠牲を払った末の勝利でした。我が国が世界に誇った三隻の戦艦『赤城』『長門』『陸奥』が、同海戦で全て失われたことから見ても、米国が強敵であったことは御理解いただけると思います」

三隻の戦艦の艦名を読み上げたとき、山本の声には、特に力が込められたように感じられた。

「赤城」「長門」「陸奥」の三隻は、帝国海軍の象徴として、国民に最も親しまれた軍艦だ。

それら三隻の喪失を強調することで、対米戦争が容易ならぬものであったことを、国民に理解させようと考えたのかもしれない。

「何よりも重要なことは、米国はなお巨大な力を残している、という事実です。二年近くに亘った戦争で、米国は多数の軍艦、航空機、将兵を失いましたが、米本国では失った戦力を補って余りあるほどの軍艦や航空機が作られています。一方我が帝国海軍は、先のトラック沖海戦で、持てる力をほとんど使い果たしました。講和会議に臨んだ重光全権は、そのことを理解していたからこそ、米国が突きつけて来た講和の条件を少しでも軽くするよう、力を尽くされたのです。実際に米国と戦い、その実力を知った者として、私は重光全権の選択を支持します。多大な犠牲を払った挙げ句、領土を失い、戦時賠償まで取られたのでは、敗北したも同然と、皆さんは考えられるかもしれません。ですが、我が国はそれと引き換えに、この上なく貴重なものを手に入れました。それは、我が国の独立の維持です」

「独立の維持」の一語に、山本は特に力を入れた。

これこそが、最も重要なことだ――その意が込められていることが、控え室で聞いている井上にもはっきり分かった。

「元寇も、日清、日露の両戦役も、戦争目的は大国の植民地や属国にならぬことでした。鎌倉時代の先祖や明治期の先達《せんだつ》は、その目的を達成しています。今回の戦争も、米国に大幅な譲歩を強いられはしましたが、国家の独立という譲れぬ一線だけは死守したのです。連合艦隊司令長官として、また米国の力を知る一日本人として、私は伏《ふ》して国民の皆様にお願い申し上げます。どうか、ヴィシー講和条約の意義を御理解いただきたい。くれぐれも、軽挙妄動《けいきょもうどう》は慎んでいただきたい、と」

山本の言葉は、そこで終わった。

「お疲れ様でした、長官」

収録を終え、控え室に戻って来た山本に、井上が声をかけた。

「全くだ。GF長官の親補式《しんぽしき》でも、今ほどは緊張しなかった」

苦笑しながら、山本は応えた。

「長官の誠実さは、必ず国民に伝わると思います。陸海軍の強硬派にも。何よりも長官は、『第二の東郷元帥』です。その一事だけで、長官のお言葉は充分な説得力を持ちます」

「第二の東郷さんは止めてくれ。そこまでの大物ではない」

山本は、顔の前で右手を振った。

「最前線で戦ったのは、小沢とその指揮下にあった将兵だ。私はパラオで、戦いの経過を見守っただけだ。第二の東郷さんに相応しいのは小沢だろう」

「私たちには、将兵の犠牲を無駄なものにしない、という責任があります。長官は、御自身の役割を見事に全うされると私は信じます」

「第二の日比谷《ひびや》事件が起こらず、軍内部の強硬派が怒りを収めてくれれば、初めて私は役割を全うしたと言えるだろうが……」

「私は、国民が冷静になってくれると信じております。軍の強硬派も、トラック沖海戦の結果を聞けば、頭を冷やしてくれるはずだ、と」

「そうあって欲しいものだ」

山本は、遠くを見るような表情を浮かべた。

「陛下は『必要であれば、朕《ちん》が直接国民に話すので、遠慮なく申し出て欲しい』とおっしゃった。恐懼《きょうく》に耐えぬお言葉だが、陛下の御手《みて》まで煩わせることのないよう祈っている」

4

一〇月一〇日、連合艦隊航空参謀榊久平中佐は、連合艦隊旗艦「香椎」から退艦しようとしていた。

「長い間、御苦労だった。今回の戦争では、貴官の策に助けられることが多かった。参謀長として、感謝している」

ねぎらいの言葉をかけた大西滝治郎参謀長に、榊は頭を下げげた。

「私の方こそ、お世話になりました」

「貴官が着任したとき、山本長官は出張中だった。あのときは、私が長官の代理として着任の挨拶を受けた」

懐かしむような口調で、大西は言った。

「退任のときにも、長官は御不在になったわけだ。もっとも、今度は出張ではなく、GF司令部から去られたわけだが。偶然の一致とはいえ、妙に因縁《いんねん》めいたものを感じるな」

「あの放送のすぐ後で、長官が退任されたことには驚きました。あと一年程度は務められると思っていたのですが」

九月二四日、山本がラジオを通じて自ら国民に語りかけた後、ヴィシー講和条約の締結後に漂っていた日本国内の不穏な空気は、急速に沈静化した。

「山本長官に、第二の東郷元帥になっていただき、そのお言葉を以て軍や国民の不満を抑える」

という井上成美次官の策が当たったのだ。

その山本は、国内の不満が沈静化するのを見届けると、吉田善吾海軍大臣に退任を申し出ている。

吉田は慰留したが、山本の意志は固く、一〇月五日付で連合艦隊司令長官から軍事参議官への異動が決まった。

後任の長官には、横須賀鎮守府《よこすかちんじゅふ》司令長官の古賀峯一《こがみねいち》大将が親補され、参謀長以下の幕僚も一新されたが、まだ「香椎」には着任していなかった。

「長官は、御自分の役目が全て終わったと考えられたのだろう。米太平洋艦隊との最終決戦に勝っただけではない。講和に不満な国民をなだめるという、本来なら政治家が行うべき仕事まで引き受けられたのだからな。それ以上に、体力、精神力共に限界だったのではないかという気がする」

大西は、遠くを見るような表情で言った。

連合艦隊司令長官は、海軍軍人を志《こころざ》した者なら誰もが憧《あこが》れる地位だが、平時でも二年が限界とされる激職だ。

戦時となれば、その苦労は平時の数倍になる。

山本の連合艦隊司令長官就任は、昭和一四年八月三〇日だから、平時と戦時を含め、四年以上もこの職を務めた計算だ。

肉体的な疲労も、精神的な重圧も、凄まじいものがあったに違いない。

その職を最後まで全うした山本には、榊も頭が下がる思いだった。

「私も、貴官も、赤煉瓦での勤務が決まった身だ。参議官となられた長官には、今後も御助言を仰ぐことがあるだろう」

大西は言った。

榊は、航空本部に迎えられることが既に決まっている。実戦部隊の参謀から転じて、航空行政の場で働くのだ。

大西は、軍令部の第一部長に任ぜられている。連合艦隊の幕僚を統率し、山本長官を補佐する立場から、海軍の作戦全般を司る重要部署への異動だ。

対米戦争は終わったが、米国は日本にとり、最大の仮想敵であり続けている。

榊にとっても、大西にとっても、連合艦隊司令部で培った知識と経験は、航空行政や作戦研究に、大いに役立つはずだった。

冗談めかした口調で、大西は言った。

「海軍省と軍令部は、意見が対立することも多い。今後は貴官とやり合う機会が増えると思う。そのときは、お手柔らかに頼むよ」

終章

号笛と共に、減速が始まった。

帝国海軍の新型練習巡洋艦「厳島《いつくしま》」は、ゆっくりと海上に停止した。

かつて日本海軍の基地が置かれていた、トラック環礁春島の北三〇浬の海面だ。

日本の統治下から離れた今は、「春島」ではなく、「モエン島」の名で呼ばれている。

「ここか、『赤城』が沈んだ海面は」

井上成美海軍大将は、海面を見ながら呟いた。

今日は、昭和二四年七月二四日。

日米戦争の帰趨を決定づけたトラック沖海戦から、七年目だ。

あの戦いで戦死した将兵の七回忌に当たる。

戦争終結後、最初の慰霊祭が執り行われようとしていた。

井上を始めとする海軍高官の席は、前部上甲板の最前列に用意されていた。

井上が腰を下ろし、隣には、長身の海軍高官が座った。

井上の江田島同期であり、トラック沖海戦時は第二艦隊司令長官の職にあった小沢治三郎だ。

当時は中将だったが、今は大将に昇進している。

日米戦争の終結後は、連合艦隊司令長官、軍令部総長と歴任したが、今は井上と同じ軍事参議官だ。

第一艦隊司令長官として、最後の水上砲戦を戦った三川軍一も、やはり軍事参議官となり、式典に参列している。

井上のすぐ後ろには、有馬馨元少将が腰を下ろした。トラック沖海戦時の「赤城」艦長だ。

有馬の隣には、有馬の下で「赤城」の砲術長を務めた永橋為茂少将が座っている。

有馬は少将で退役した後、戦死した旧部下の墓参と遺族訪問で日々を過ごしており、永橋は海軍砲術学校校長の職にある。

戦争を指導した人々も、最前線で戦った人々も、六年の間に齢《よわい》を重ねていた。

「山本さんが、この場にいらっしゃらないのは残念だ」

「同感だな」

小声で話しかけた小沢に、井上は応えた。

戦時中、一貫して連合艦隊司令長官を務めた山本五十六大将は、軍事参議官に異動した半年後、自ら希望して予備役となった。

その後は、戦死した旧部下の遺族に手紙を書き送っていたが、昭和二〇年の三月頃から病で伏せりがちになり、同年九月三日に死去した。

「元気になったら、戦死した部下たちの墓参に行きたい」

と家族に話していたが、その希望が叶《かな》わぬまま世を去ったのだ。

直接的な死因は肺炎だったが、海軍中央では「戦時中の過労が祟《たた》ったのだろう」と囁かれている。

戦争が、山本の生命力を削り取ったのだ。

「井上参議官、お願いします」

司会を務める榊久平少将が、恭しい口調で言った。

戦時中は、山本の下で航空参謀を務めた男だ。

戦後は航空本部の部員、土浦《つちうら》航空隊の司令、空母「雲龍《うんりゅう》」艦長といった航空関係の要職を歴任し、現在は横須賀航空隊の司令を務めている。

空母と航空機が主力となった現在の海軍にあって、軍令の本流を歩んでいる男だ。

井上は頷き、壇上に立った。

参列者全員が起立したところで、マイクを握り、口を開いた。

「今日は、日米最後の大規模な戦いが終わってから七年目に当たりますが、この慰霊祭は、海戦における戦死者のみを対象としたものではありません。また、我が軍の戦死者だけの慰霊を行うものでもありません。日米両軍の全ての戦死者に祈りを捧《ささ》げるものであります」

厳粛な口調で、井上は語った。

参列者全員が、黙って耳を傾けていた。

「我が軍の将兵は、御国のためと信じ、力一杯戦いましたが、その立場は米国の将兵も同じです。彼らも自分たちの祖国である米国のために、全力で戦いました。『国のために身命《しんみょう》を捧げる』という行為そのものには、敵も味方もありません。日米両軍の戦死者の眠りが安らかなものであることを祈って、黙《もく》禱《とう》をお願いいたします」

井上は頭《こうべ》を垂れ、黙禱した。

この時間、東京・霞ヶ関の海軍省、軍令部でも、横須賀、呉、佐世保《させぼ》、舞鶴《まいづる》等に在泊する艦艇や鎮守府でも、同じように黙禱が行われているはずだった。

正確に一分が経過したところで、井上は頭を上げた。

献花《けんか》が、続けて始まった。

井上は左手に携えていた花束を海面に投げ入れ、他の参列者も井上に倣った。

米海軍の正装に身を固めた白人男性も混じっている。戦艦「オレゴン」の艦長だったジョフリー・ケント少将や砲術長のマイケル・ローマン大佐らも参列者に名を連ね、戦没者に祈りを捧げていた。

（これでよかったのだな、茂泉）

忘れもしない七年九ヶ月前、日米開戦の日にトラックで起こったことを、井上は思い出している。

昭和一六年一〇月二〇日、トラック環礁は米軍の奇襲を受け、その日のうちに陥落した。

当時、第四艦隊司令長官としてトラックにいた井上は、同地に残って指揮官の責任を取ろうとしたが、江田島同期で第四根拠地隊司令官の職にあった茂泉慎一中将が、

「最後までトラックに留まり、責任を取るべき立場にあるのは俺だ」

と言い張り、井上と第四艦隊の司令部幕僚を後方のパラオに避退させたのだ。

第四根拠地隊からの通信は、

「敵ハ『夏島《ナツシマ》』北岸ニ上陸ヲ開始セリ。一六一三《ヒトロクヒトサン》」の一文を最後に途絶している。

大本営は、第四根拠地隊の全将兵が戦死したと認めたが、戦争終結後、生存者二一九名の存在が確認された。戦闘中に負傷し、意識不明となったところを米軍に収容され、捕虜となったのだ。

茂泉の最期の模様については、ある程度はっきりしている。

第四根拠地隊の司令部が米軍の砲爆撃によって壊滅したとき、脱出者は一人もいなかったのだ。

茂泉以下の全幕僚が、沈み行く艦と運命を共にする艦長のように、崩壊する司令部の中で戦死したものと推測された。

茂泉は井上に脱出を勧めたとき、

「生き延びて、貴様の識見《しきけん》を御国のために活かせ」

と伝えている。

井上は、我が身を犠牲にして江田島の同期生を脱出させた茂泉の厚意に応え、戦争の早期決着と日米講和実現のために力を尽くした。

米国との講和成立は、貴様のおかげでもある。貴様が俺を脱出させてくれたから、俺も講和実現のために尽力できたのだ——その言葉を、井上は亡き茂泉の魂《たましい》に投げかけた。

もっとも、米国との和平が恒久的なものになるとの保証はない。

米海軍は、新たな海軍長官ジェームズ・フォレスタルの下、大規模な軍制改革を推進している。

大艦巨砲主義を放棄し、空母の大量建造と艦上機の量産に踏み切ったのだ。

米軍の新鋭空母エセックス級と新型艦上戦闘機グラマンＦ６Ｆ〝ヘルキャット〟は、戦争の最終段階になって登場したが、今ではエセックスよりも巨大な四万五〇〇〇トン級の航空母艦と、Ｆ６Ｆよりも高性能なヴォートＦ４Ｕ〝コルセア〟、グラマンＦ８Ｆ〝ベアキャット〟といった機体が多数配備されている。

陸軍機にしても、B17の後継機となるボーイングB29〝スーパー・フォートレス〟が量産され、実戦配備に就いている。マリアナ諸島を拠点にすれば、日本本土を直接爆撃できる機体だ。

米国との国交回復に伴って再開された在米大使館から届いた情報によれば、米国は複数の仮想敵を考えているという。

第一に、米国と並ぶ海軍力を誇る英国。

第二に、欧州最強の陸軍国家であるフランス。

第三に、共産党政権崩壊後の内戦を終結させたロシア。

第四に、日本だ。

英仏は日本寄り中立の立場を取ったことで、米国民の反発を招いている。米政府も国民感情を受け、英仏両国には冷淡だ。特に英国は、日本以上に強力な海軍を保有するため、米国にとって直接的な脅威となり得る存在なのだ。

米国では最近、「英国、特に首相のウィンストン・チャーチルが日本を支援したのは、我が国の弱体化を図るためだった」との説が唱えられている。

チャーチルは否定しているが、米国民には信じる者が多く、米英の関係は戦時中以上に険悪なものとなっている。

ロシアは内戦終結後、中欧諸国や満州に対する領土的な野心を露わにし始めている。米国のみならず、日本や英国も、同国を世界平和に対する脅威と見なしている。

日米関係は戦争終結後に修復されたが、今後どうなるかは分からない。米海軍には、日本に復讐戦を挑みたいと考える者が少なくないことに加え、戦争で家族を失い、反日感情を募《つの》らせる米国民も多い。

再び日米間に戦端が開かれれば、ヴィシー条約は破棄され、多数のB29がマリアナ諸島に進出して来ることは間違いない。

B17を大きく凌駕する重爆撃機が、大挙して東京や大阪や名古屋に襲いかかるのだ。

対米戦争が再燃すれば、日本は今度こそ亡国《ぼうこく》の道を歩む。

それを現実にしないためにも、日本は対米不戦の方針を貫かねばならないのだ。

（それを実現するのは、私ではないが）

井上は、司会の榊をちらと見た。

日米戦争を指導した者は、皆鬼籍《きせき》に入るか、退任するか、軍事参議官という実権のないポストに移るかだ。

今は、戦時中に大佐、中佐の階級にあった人々が、海軍の中枢で指導的な立場に立っている。

彼らが日本海軍を正しく導き、次の世代にもそれを受け継いで行けば、結果として末永い平和が維持されることになろう。

「厳島」の周囲で、波に揺られている花束を見ながら、井上は呟いた。

「再び、あのような戦いが起こらぬことを」


【完】

あとがき

史実の「赤城」が、旧日本海軍を代表する航空母艦の一隻であり、真珠湾攻撃では機動部隊の旗艦となったことはよく知られています。

同艦の生涯については省略しますが、日本海軍では最も有力な空母の一隻であったことから、第二次大戦ものの架空戦記でも活躍することが多い艦です。

その一方、筆者のシリーズでは、悲劇的な役割を担うことが少なくありません。

筆者が初めてC★NOVELSで書かせていただいた「修羅《しゅら》の波濤《はとう》」では、第一巻で沈没しますし、その後のシリーズでも、被害担任艦となることが多い艦でした。

先シリーズの「連合艦隊西進す」では、物語の序盤でUボートの雷撃を受け、姿を消してしまいます。

気の毒な役回りをさせて来た「赤城」に、埋め合わせができないか。

「赤城」を主役に据え、獅子奮迅《ししふんじん》の活躍をする物語を作れないか。

そんな考えから、今回のシリーズが生まれました。

ただし、本シリーズの「赤城」は、航空母艦ではなく、高速戦艦となっています。

元々は、八八艦隊計画に基づき、四〇センチ砲一〇門を装備する巡洋戦艦として建造が始まった艦ですので、その計画通り巡洋戦艦として竣工させ、その後の近代化改装により、戦艦に艦種変更された、ということにしました。

空母ではなく、「空母を守る艦」となったわけです。

シリーズ中における「赤城」の働きは、お読みいただいた通りです。

第一巻では柱島に腰を据えて動きませんでしたが、第二巻以降では、持てる力を存分に発揮しました。

シリーズのキーパースンとなった井上成美中将についても、少し触れておきます。

白状してしまいますが、井上提督は米軍の奇襲を受けたトラック環礁に最後まで留まり、戦死と認定される予定でした。

ところが、「井上ほどの人物を、最初に退場させてしまうのはもったいないのではないか」と思い直し、トラックから脱出させ、講和実現のために活躍して貰うことにしました。

実のところ、井上がここまで重要な役割を務めたのは、筆者にとっても想定外でした。

過去のシリーズでも経験した「筆者のコントロールを離れて動き出したキャラクター」になったわけです。

元々井上提督は、史実でも戦争終結のために重要な役割を果たしており、平和を願って止まない人でした。

そのような人物を、物語世界の中でコントロールしようとしたのが、筆者の思い上がりだったのかもしれません。

とまれ、最後までお付き合いいただき、ありがとうございました。

また、次のシリーズでお目にかかりましょう。

令和六年五月　横山信義

ご感想・ご意見は
下記中央公論新社住所、または
e-mail：cnovels@chuko.co.jpまで
お送りください。

C★NOVELS

高速戦艦《こうそくせんかん》「赤城《あかぎ》」6
――「赤城《あかぎ》」永遠《えいえん》

2024年6月25日　初版発行

著　者　横山《よこやま》信義《のぶよし》

発行者　安部順一

発行所　中央公論新社
〒100-8152　東京都千代田区大手町1-7-1
電話　販売 03-5299-1730　編集 03-5299-1930
URL https://www.chuko.co.jp/

DTP　平面惑星

印　刷　三晃印刷（本文）
大熊整美堂（カバー・表紙）

製　本　小泉製本

Published by CHUOKORON-SHINSHA, INC.
Printed in Japan　ISBN978-4-12-501482-1 C0293

高速戦艦「赤城」5
巨艦「オレゴン」

横山信義

グアム島を攻略した日本軍。だが勝利を確信する米軍は強大な戦力を続々と前線に投入した。もはや、日本には圧倒的な勝利をもって、米国の戦闘続行を断念させるしか残された道はないのか。

ISBN978-4-12-501480-7 C0293　1100円　カバーイラスト　佐藤道明

烈火の太洋 1
セイロン島沖海戦

横山信義

昭和一四年ドイツ・イタリアとの同盟を締結した日本は、ドイツのポーランド進撃を契機に参戦に踏み切る。連合艦隊はインド洋へと進出するが、そこにはイギリス海軍の最強戦艦が――。

ISBN978-4-12-501437-1 C0293　1000円　カバーイラスト　高荷義之

烈火の太洋 2
太平洋艦隊急進

横山信義

アメリカがついに参戦！　フィリピン救援を目指す米太平洋艦隊は四〇センチ砲戦艦コロラド級三隻を押し立てて決戦を迫る。だが長門、陸奥という主力を欠いた連合艦隊に打つ手はあるのか⁉

ISBN978-4-12-501440-1 C0293　1000円　カバーイラスト　高荷義之

烈火の太洋 3
ラバウル進攻

横山信義

ラバウル進攻命令が軍令部より下り、主力戦艦を欠いた連合艦隊は空母を結集した機動部隊を編成。米太平洋艦隊も空母を中心とした艦隊を送り出した。ここに、史上最大の海空戦が開始される！

ISBN978-4-12-501442-5 C0293　1000円　カバーイラスト　高荷義之

烈火の太洋 4
中部ソロモン攻防

横山信義

海上戦力が激減した米軍は航空兵力を集中し、ニューギニア、ラバウルへと前進する連合艦隊に対抗。膠着状態となった戦線に、山本五十六は新鋭戦艦「大和」「武蔵」で迎え撃つことを決断。

ISBN978-4-12-501448-7 C0293　1000円　カバーイラスト　高荷義之

烈火の太洋 5
反攻の巨浪

横山信義

米軍の戦略目標はマリアナ諸島。連合艦隊はトラックを死守すべきか。それとも撃って出て、米軍根拠地を攻撃すべきか？　連合艦隊の総力を結集した第一機動艦隊が出撃する先は――。

ISBN978-4-12-501450-0 C0293　1000円　カバーイラスト　高荷義之

烈火の太洋 6
消えゆく烈火

横山信義

トラック沖海戦において米海軍の撃退に成功したものの、連合艦隊の被害も甚大なものとなった。彼我の勢力は完全に逆転。トラックは連日の空襲に晒される。そこで下された苦渋の決断とは。

ISBN978-4-12-501452-4 C0293　1000円　カバーイラスト　高荷義之

荒海の槍騎兵 1
連合艦隊分断

横山信義

昭和一六年、日米両国の関係はもはや戦争を回避できぬところまで悪化。連合艦隊は開戦に向けて主砲すべてを高角砲に換装した防空巡洋艦「青葉」「加古」を前線に送り出す。新シリーズ開幕！

ISBN978-4-12-501419-7 C0293　1000円　カバーイラスト　高荷義之

表示価格には税を含みません

荒海の槍騎兵 2

激闘南シナ海

横山信義

「プリンス・オブ・ウェールズ」に攻撃される南遣艦隊。連合艦隊主力は機動部隊と合流し急ぎ南下。敵味方ともに空母を擁する艦隊同士——史上初・空母対空母の大海戦が南シナ海で始まった！

ISBN978-4-12-501421-0 C0293　1000円

カバーイラスト　高荷義之

荒海の槍騎兵 3

中部太平洋急襲

横山信義

集結した連合艦隊の猛反撃により米英主力は撃破された。太平洋艦隊新司令長官ニミッツは大西洋から回航された空母群を真珠湾から呼び寄せ、連合艦隊の戦力を叩く作戦を打ち出した！

ISBN978-4-12-501423-4 C0293　1000円

カバーイラスト　高荷義之

荒海の槍騎兵 4

試練の機動部隊

横山信義

機動部隊をおびき出す米海軍の作戦は失敗。だが日米両軍ともに損害は大きかった。一年半余、ついに米太平洋艦隊は再建。新鋭空母エセックス級の群れが新型艦上機隊を搭載し出撃！

ISBN978-4-12-501428-9 C0293　1000円

カバーイラスト　高荷義之

荒海の槍騎兵 5

奮迅の鹵獲戦艦

横山信義

中部太平洋最大の根拠地であるトラックを失った連合艦隊。おそらく、次の戦場で日本の命運は決する。だが、連合艦隊には米艦隊と正面から戦う力は失われていた——。

ISBN978-4-12-501431-9 C0293　1000円

カバーイラスト　高荷義之

荒海の槍騎兵 6

運命の一撃

横山信義

機動部隊は開戦以来の連戦により、戦力の大半を失ってしまう。新司令長官小沢は、機動部隊を囮とし、米海軍空母部隊を戦場から引き離す作戦で賭に出る！　シリーズ完結。

ISBN978-4-12-501435-7 C0293　1000円

カバーイラスト　高荷義之

アメリカ陥落 4

東太平洋の荒波

大石英司

空港での激闘から一夜、ＬＡ市内では連続殺人犯の追跡捜査が新たな展開を迎えていた。その頃、シアトル沖では、ついに中国の東征艦隊と海上自衛隊第四護衛隊群が激突しようとしていた――。

ISBN978-4-12-501476-0 C0293　1100円

カバーイラスト　安田忠幸

アメリカ陥落 5

ロシアの鳴動

大石英司

米大統領選後の混乱で全米が麻痺する中、攻め寄せる中国海軍を翻弄した海上自衛隊。しかしアリューシャン列島に不穏な動きが現れ……日中露軍が激しく交錯するシリーズ第５弾！

ISBN978-4-12-501478-4 C0293　1100円

カバーイラスト　安田忠幸

アメリカ陥落 6

戦場の霧

大石英司

アリューシャン列島のアダック島を急襲したロシア空挺軍。米海軍の手薄な防御を狙った奇襲であったが、間一髪“サイレント・コア”の二個小隊が間に合った！　霧深き孤島の戦闘の行方は！

ISBN978-4-12-501479-1 C0293　1100円

カバーイラスト　安田忠幸

表示価格には税を含みません